Translated Language Learning

Alices Abenteuer im Wunderland

ماجراهای آلیس در سرزمین عجایب

Lewis Carroll

لوئیس کارول

Deutsch / فارسی

Runter in den Kaninchenbau
پایین سوراخ خرگوش

Alice fing an, sehr müde zu werden

آلیس داشت خیلی خسته می شد

Sie saß neben ihrer Schwester auf der Grasbank

او در کنار خواهرش در ساحل چمن نشسته بود

aber sie hatte nichts zu tun

اما او هیچ کاری برای انجام دادن نداشت

Ihre Schwester las ein Buch

خواهرش داشت کتاب می خواند

Ein- oder zweimal schaute Alice in das Buch

یکی دو بار آلیس به کتاب نگاه کرد

aber das Buch enthielt keine Bilder oder Gespräche

اما کتاب هیچ عکس یا مکالمه ای در آن نداشت

"Was nützt ein Buch ohne Bilder?", dachte Alice

« آلیس فکر کرد» :کتاب بدون عکس چه فایده ای دارد؟

"Warum sollte ein Buch keine Gespräche führen?"

" چرا یک کتاب هیچ مکالمه ای ندارد؟ "

Aber sie hatte noch andere Dinge zu bedenken

اما او چیزهای دیگری برای در نظر گرفتن داشت

"Es wäre ein Vergnügen, eine Kette aus Gänseblümchen zu machen"

"ساختن زنجیره ای از گل مروارید لذت بخش خواهد بود "

"Aber lohnt es sich, aufzustehen und die Gänseblümchen zu pflücken??"

"اما آیا ارزش تلاش برای بلند شدن و چیدن گل مروارید را دارد؟؟ "

Das war nicht so leicht zu denken

فکر کردن به این موضوع چندان آسان نبود

weil sie sich an diesem Tag schläfrig und dumm fühlte

چون روز باعث می شد او احساس خواب آلودگی و احمقی کند

aber plötzlich wurden ihre Gedanken unterbrochen

اما ناگهان افکارش قطع شد

ein weißes Kaninchen mit rosa Augen lief nah an ihr vorbei

یک خرگوش سفید با چشمان صورتی نزدیک او دوید

Es war nichts übermäßig Bemerkenswertes an dem Kaninchen

هیچ چیز بیش از حد قابل توجهی در مورد خرگوش وجود نداشت

und Alice fand das Kaninchen auch nicht bemerkenswert

و آلیس فکر نمی کرد که خرگوش قابل توجه باشد

auch überraschte es sie nicht, als das Kaninchen sprach

همچنین وقتی خرگوش صحبت می کرد او را شگفت زده نکرد

»O je! Ich werde zu spät kommen!« sagte er zu sich selbst

"اوه عزیزم إمن خیلی دیر خواهم شد «!او با خود گفت

aber dann tat das Kaninchen etwas, was Kaninchen nicht
tun

اما بعد خرگوش کاری کرد که خرگوش ها انجام ندادند

das Kaninchen zog eine Uhr aus der Westentasche

خرگوش ساعتی را از جیب جلیقه اش بیرون آورد

Er schaute auf die Uhr und eilte dann weiter

او به زمان نگاه کرد و سپس با عجله ادامه داد

Alice erhob sich erstaunt

آلیس با تعجب روی پاهایش ایستاد

Sie hatte noch nie zuvor ein Kaninchen mit Weste gesehen!

او قبلا هرگز خرگوش با جلیقه ندیده بود !

noch hatte sie je ein Kaninchen mit einer Uhr gesehen!

و هرگز خرگوشی با ساعت ندیده بود !

Alice brannte vor neuer Neugierde

آلیس با کنجکاوی جدیدی می سوخت .

und sie rannte über das Feld hinter dem Kaninchen her

و او به دنبال خرگوش در سراسر مزرعه دوید

Sie kam gerade noch rechtzeitig, um das Kaninchen
verschwinden zu sehen

او درست به موقع بود تا ناپدید شدن خرگوش را ببیند

Das Kaninchen hüpfte in einen großen Kaninchenbau hinab

خرگوش به داخل یک سوراخ بزرگ خرگوش پرید

Im nächsten Augenblick stürzte Alice hinter dem Kaninchen
her!

در یک لحظه دیگر، آلیس به دنبال خرگوش رفت !

Der Kaninchenbau ging geradeaus wie ein Tunnel

سوراخ خرگوش مستقیم مانند یک تونل پیش می رفت

und der Tunnel ging noch eine Weile weiter

و تونل تا مسافتی ادامه داد

und dann senkte sich der Weg plötzlich hinunter

و سپس مسیر ناگهان پایین آمد

Alice hatte keinen Augenblick, daran zu denken, ob sie sich
zurückhalten sollte

آلیس لحظه ای نداشت که به متوقف کردن خودش فکر کند

Sie fiel hin und hinunter und hinunter

او خود را در حال افتادن و پایین و پایین یافت

Es schien, als sei sie in einen sehr tiefen Brunnen gefallen

به نظر می رسید که او در یک چاه بسیار عمیق افتاده است

Entweder war der Brunnen sehr tief, oder sie fiel sehr langsam

یا چاه خیلی عمیق بود یا خیلی آهسته سقوط کرد

denn sie hatte viel Zeit zum Fallen

چون او زمان زیادی برای افتادن داشت

Als sie fiel, konnte sie sich umsehen

همانطور که داشت در حال سقوط بود می توانست به اطرافش نگاه کند

Zuerst versuchte sie herauszufinden, wohin sie ging

ابتدا سعی کرد بفهمد کجا می رود

aber der Brunnen war zu dunkel, um etwas zu sehen

اما چاه تاریک تر از آن بود که چیزی ببیند

Dann blickte sie auf die Seiten des Brunnens

سپس به کناره های چاه نگاه کرد

Und sie bemerkte, dass überall um sie herum Schränke standen

و متوجه شد که کمدهایی در اطراف او وجود دارد

und rings um den Brunnen waren Bücherregale

و در اطراف چاه قفسه های کتاب بود

Hier und da sah sie Karten und Bilder, die an Pflöcken hingen

اینجا و آنجا نقشه ها و عکس هایی را می دید که روی گیره ها آویزان شده بودند

Im Vorbeigehen nahm sie ein Glas aus einem der Regale

او هنگام عبور یک شیشه را از یکی از قفسه ها پایین آورد

Das Glas wurde für seinen Inhalt gekennzeichnet

شیشه به دلیل محتوای آن برچسب گذاری شده بود

"MARMELADE AUS ORANGEN"

" مارمالاد ساخته شده از پرتقال "

Aber zu ihrer großen Enttäuschung war das Marmeladenglas leer

اما، در کمال ناامیدی او، کوزه مارمالاد خالی بود

Sie wollte das leere Marmeladenglas nicht fallen lassen

او نمی خواست شیشه خالی مارمالاد را رها کند

und ihr Fall war sehr langsam

و سقوط او بسیار آهسته بود

So schaffte sie es, das Marmeladenglas in einen der Schränke zu stellen

بنابراین او موفق شد شیشه مارمالاد را در یکی از کمدها بگذارد

Nieder, hinunter, hinunter fiel sie!

پایین، پایین، پایین او می افتد !

Würde der Fall jemals ein Ende haben?

آیا سقوط هرگز به پایان می رسد؟

Es gab nichts anderes zu tun

کار دیگری برای انجام دادن وجود نداشت

so fing Alice bald an, mit sich selbst zu reden

بنابراین آلیس به زودی شروع به صحبت با خودش کرد

»Dinah wird mich heute abend sehr vermissen, sollte ich meinen!«

"دینا امشب خیلی دلتنگ من خواهد شد، باید فکر کنم "!

Dinah war Alices Katze

دینا گربه آلیس بود

»Ich hoffe, sie werden sich an ihre Untertasse mit Milch zur Teezeit erinnern.«

"امیدوارم آنها نعلبکی شیرش را در زمان چای به یاد بیاورند "

»Dinah, meine Liebe, ich wünschte, du wärst hier unten bei mir!«

»دینا، عزیزم، ای کاش اینجا با من بودی «!

Alice fühlte, als würde sie einschlafen

آلیس احساس کرد که دارد چرت می زند

Und dann plötzlich, dumpf! Bums!

و سپس ناگهان، کوبید !کوبید !

Sie fiel auf einen Haufen Stöcke

او روی توده ای از چوب ها افتاد

und sie landete auf einem Haufen trockener Blätter

و روی انبوهی از برگ های خشک فرود آمد

Und endlich war der lange Sturz in das Loch vorbei

و بالاخره سقوط طولانی از سوراخ تمام شد

Alice war kein bisschen verletzt

آلیس ذره ای آسیب ندید

und sie sprang in einem Augenblick auf

و او در عرض یک لحظه از جا پرید

Sie blickte auf, aber es war alles dunkel über ihr

او به بالا نگاه کرد، اما همه چیز بالای سرش تاریک بود

Vor ihr lag ein weiterer langer Korridor

جلوی او یک راهرو طولانی دیگر بود

und das weiße Kaninchen war noch in Sicht

و خرگوش سفید هنوز در دید بود

Er eilte den Korridor hinunter

او با عجله به سمت راهرو می رفت

Es war kein Augenblick zu verlieren

لحظه ای برای از دست دادن وجود نداشت

davonlief Alice wie der Wind

خاموش دوید آلیس مثل باد

um die Ecke drehte sich das Kaninchen

در گوشه ای خرگوش چرخید

Sie kam gerade noch rechtzeitig, um das Kaninchen zu
hören

او درست به موقع بود تا صدای خرگوش را بشنود .

"Oh, meine Ohren und Schnurrhaare"

" آه، گوش ها و سبیل های من "

"Wie spät es wird!"

"چقدر دیر شده است "!

Sie war dicht hinter dem Kaninchen

او نزدیک پشت سر خرگوش بود

Sie bog um eine weitere Ecke

او به گوشه دیگری برگشت

aber das Kaninchen war nicht mehr zu sehen

اما خرگوش دیگر دیده نمی شد

Sie befand sich in einer langen, niedrigen Halle

او خود را در یک سالن بلند و کم ارتفاع یافت

Der Saal wurde von einer Reihe von Deckenlampen
erleuchtet

سالن با ردیفی از لامپ های سقفی روشن شده بود

Überall im Saal gab es Türen

درهایی در اطراف سالن وجود داشت

aber alle Türen waren verschlossen

اما همه درها قفل بودند

Sie ging den ganzen Weg an der einen Seite des Flurs
hinunter

او تمام راه را از یک طرف راهرو پایین رفت

Und sie war den ganzen Weg auf der anderen Seite des Flurs
hinaufgegegangen

و او تمام راه را از آن طرف راهرو بالا رفته بود

Sie hatte jede Tür ausprobiert

او هر دری را امتحان کرده بود

Und sie ging traurig in der Mitte des Saales entlang

و او با ناراحتی از وسط راهرو قدم زد

"Wie komme ich da mal wieder raus?"

"چطور می خواهم دوباره بیرون بیایم؟ "

Plötzlich stieß sie auf einen kleinen Tisch

ناگهان به میز کوچکی برخورد کرد

Der Tisch wurde komplett aus massivem Glas gefertigt

میز کاملا از شیشه جامد ساخته شده بود

Auf dem Tisch lag nichts als ein winziger goldener
Schlüssel

چیزی روی میز نبود جز یک کلید طلایی کوچک

Der Schlüssel könnte zu einer der Türen gehören!

کلید ممکن است متعلق به یکی از درها باشد !

Aber ach! Einige der Schlösser waren zu groß für die Schlüssel

اما، افسوس !برخی از قفل ها برای کلیدها خیلی بزرگ بودند

und für die anderen Schlösser war der Schlüssel zu klein

و برای قفل های دیگر کلید خیلی کوچک بود

aber auf jeden Fall öffnete der Schlüssel keine der Türen

اما، به هر حال، کلید هیچ یک از درها را باز نکرد

Aber was sollte sie tun?

اما او باید چه کار می کرد؟

Sie ging wieder durch den Saal

او دوباره از سالن عبور کرد

Und diesmal bemerkte sie einen niedrigen Vorhang

و این بار متوجه پرده ای کم شد

Hinter dem Vorhang war eine kleine Tür

پشت پرده در کوچکی بود

Die Tür war etwa fünfzehn Zoll hoch

در حدود پانزده اینچ ارتفاع داشت

Sie probierte den kleinen goldenen Schlüssel im Schloss aus

او کلید طلایی کوچک قفل را امتحان کرد

Und zu ihrer großen Freude passte der Schlüssel ins Schloss!

و در کمال خوشحالی او، کلید در قفل قرار گرفت !

Alice öffnete die Tür

آلیس در را باز کرد

und sie fand, daß die Tür in einen kleinen Korridor führte

و متوجه شد که در به راهروی کوچکی منتهی می شود

Der Korridor war nicht viel größer als ein Rattenloch

راهرو خیلی بزرگتر از یک سوراخ موش نبود

Sie kniete nieder und blickte den Korridor entlang

زانو زد و به راهرو نگاه کرد

Und sie sah den schönsten Garten, den du je gesehen hast

و او زیباترین باغی را دید که تا به حال دیده اید

wie sehr sie sich danach sehnte, aus dieser dunklen Halle herauszukommen

چقدر آرزو داشت از آن سالن تاریک خارج شود

wie sie sich wünschte, zwischen diesen leuchtenden Blumen

zu wandern

چقدر می خواست در میان آن گل های روشن پرسه بزند

Wie cool die Erfrischung dieser Brunnen aussah

آن فواره ها چقدر باحال به نظر می رسیدند

aber sie konnte nicht einmal ihren Kopf durch die Tür
stecken

اما او حتی نمی توانست سرش را از در عبور دهد

»Oh,« sagte Alice traurig

» اوه: «آلیس با اندوه گفت

»wie sehr wünschte ich, ich könnte mich zusammenfalten
wie ein Fernrohr!«

"! چقدر آرزو می کنم که می توانستم مثل تلسکوپ جمع شوم "

"Ich glaube, ich könnte mich zusammenfalten wie ein
Teleskop"

" فکر می کنم می توانم مثل یک تلسکوپ جمع شوم "

"Wenn ich nur wüsste, wie ich anfangen sollte"

" اگر فقط می دانستم چگونه شروع کنم "

Alice ging zurück an den Tisch

آلیس به میز برگشت

Es bestand die Möglichkeit, einen weiteren Schlüssel zu
finden

شانس پیدا کردن کلید دیگری وجود داشت

Oder es gibt ein Buch mit Regeln

یا ممکن است کتابی از قوانین وجود داشته باشد

Das Buch könnte ihr sagen, wie man sich wie ein Teleskop
zusammenfaltet

کتاب می تواند به او بگوید که چگونه مانند تلسکوپ تا شود

Diesmal fand sie ein Fläschchen

این بار او یک بطری کوچک پیدا کرد

"Diese Flasche war gewiß vorher nicht hier," sagte Alice

"این بطری مطمئنا قبلا اینجا نبود: "آلیس گفت

Und um den Flaschenhals war ein Papieretikett gebunden

و دور گردن بطری یک برچسب کاغذی بسته شده بود

Das Etikett war wunderschön in großen Buchstaben
gedruckt

برچسب به زیبایی با حروف بزرگ چاپ شده بود

"TRINK MICH"

"مرا بنوش "

»Nein, ich werde erst nachsehen«, sagte sie

او گفت» :نه، اول نگاه می کنم

"Ich werde sehen, ob die Flasche als giftig gekennzeichnet ist oder nicht."

"من می بینم که آیا بطری به عنوان سمی علامت گذاری شده است یا نه، "

weil sie die Lektion über das Gift nie vergessen hat

زیرا او هرگز درس زهر را فراموش نکرد

"Wenn eine Flasche als giftig gekennzeichnet ist, wird sie Ihnen bestimmt nicht zustimmen"

"اگر یک بطری برچسب سمی داشته باشد، مطمئنا با شما مخالف است "

Diese Flasche war jedoch nicht als giftig gekennzeichnet

با این حال، این بطری به عنوان سمی مشخص نشده بود

so wagte Alice es, den Inhalt der Flasche zu kosten

بنابراین آلیس جرأت کرد محتوای بطری را بچشد

Sie fand die Flüssigkeit ganz nach ihrem Geschmack

او مایع را کاملا به دلخواه خود یافت

Das Getränk hatte einen gemischten Geschmack

این نوشیدنی نوعی طعم مخلوط داشت

Kirschkuchen, Vanillepudding und Ananas

تارت گیلاس، کاستارد و آناناس

Gebratener Truthahn, Toffee und Toast mit heißer Butter

بوقلمون، تافی و نان تست با کره داغ

und bald trank sie die Flasche aus

و او به زودی بطری را تمام کرد

"Was für ein merkwürdiges Gefühl!" sagte Alice

آلیس گفت» :چه احساس عجیبی «!

"Ich klappe mich zusammen wie ein Teleskop!"

"من مثل تلسکوپ جمع می شوم "!

Und sie faltete sich tatsächlich zusammen wie ein Teleskop!

و او واقعا مثل یک تلسکوپ جمع شده بود !

Sie war jetzt nur noch zehn Zentimeter groß

او اکنون فقط ده اینچ قد داشت

und ihr Gesicht erhellte sich bei ihren Gedanken

و صورتش از افکارش روشن شد

Jetzt hatte sie die richtige Größe für das Türchen

حالا او اندازه مناسبی برای در کوچک بود

Jetzt konnte sie in diesen schönen Garten gehen

حالا او می توانست به آن باغ دوست داشتنی برود

Bald hörte sie auf, kleiner zu werden

به زودی او دیگر کوچک تر نشد

Sie beschloß, sofort in den Garten zu gehen

او تصمیم گرفت فورا به باغ برود

aber wehe der armen Alice!

اما، افسوس، برای آلیس بیچاره !

Sie kam zur Tür

او به در رسید

Aber sie hatte den kleinen goldenen Schlüssel vergessen

اما او کلید طلایی کوچک را فراموش کرده بود

Sie ging zurück zum Tisch, um den Schlüssel zu holen

او به میز برگشت تا کلید را بگیرد

aber sie merkte, daß sie nicht hoch genug greifen konnte

اما متوجه شد که نمی تواند به اندازه کافی بالا برود

Sie konnte den Schlüssel ganz deutlich durch das Glas
sehen

او می توانست کلید را به وضوح از طریق شیشه ببیند

Sie versuchte, die Beine des Tisches hinaufzuklettern

سعی کرد از پاهای میز بالا برود

Aber das Glas war viel zu rutschig

اما شیشه خیلی لغزنده بود

Irgendwann erschöpfte sie sich mit dem Versuch

سرانجام او با تلاش خود را خسته کرد

Und das arme kleine Mädchen setzte sich hin und weinte

و دختر کوچک بیچاره نشست و گریه کرد

Alice sprach ziemlich scharf mit sich selbst

آلیس با خودش نسبتا تند صحبت کرد

"Komm, es hat keinen Zweck, so zu weinen!"

"بیا، گریه کردن اینطور فایده ای ندارد "!

"Ich rate dir, gleich aufzuhören!"

"من به شما توصیه می کنم همین لحظه متوقف شوید "!

Sie gab sich im Allgemeinen sehr gute Ratschläge

او به طور کلی به خودش توصیه های بسیار خوبی می کرد

obwohl sie nur sehr selten ihren eigenen Rat befolgte

اگرچه او به ندرت از توصیه های خود پیروی می کرد

und sie war manchmal zu streng mit sich selbst

و گاهی اوقات بیش از حد با خودش خشن بود

und ihre Worte trieben ihr Tränen in die Augen

و حرف هایش اشک در چشمانش آورد

Bald fiel ihr Blick auf einen kleinen Glaskasten

به زودی چشمش به یک جعبه شیشه ای کوچک افتاد

Der kleine Glaskasten lag unter dem Tisch

جعبه شیشه ای کوچک زیر میز افتاده بود

In dem Glaskasten befand sich ein sehr kleiner Kuchen

در جعبه شیشه ای یک کیک بسیار کوچک بود

Auf dem Kuchen waren einige Worte schön geschrieben

روی کیک چند کلمه به زیبایی نوشته شده بود

die Worte waren in Johannisbeeren markiert worden

کلمات با توت علامت گذاری شده بودند

"MICH ESSEN"

" مرا بخور "

"Nun, ich werde den Kuchen essen," sagte Alice

آلیس گفت» :خوب، من کیک را می خورم

"Und wenn mich der Kuchen größer werden lässt, kann ich
den Schlüssel erreichen"

" و اگر کیک باعث بزرگتر شدن من شود، می توانم به کلید برسم "

"Und wenn mich der Kuchen kleiner werden lässt, kann ich
unter die Tür kriechen"

" و اگر کیک باعث کوچکتر شدن من شود، می توانم زیر در بخزم "

"Also so oder so komme ich in den Garten"

"بنابراین در هر صورت من وارد باغ می شوم "

"Und es ist mir egal, was von beidem passiert!"

"و من اهمیتی نمی دهم که کدام یک از این دو اتفاق می افتد "!

Sie aß ein wenig von dem Kuchen

او کمی از کیک را خورد

und sie sprach ängstlich zu sich selbst:

و با نگرانی با خود صحبت کرد :

"In welche Richtung? In welche Richtung?"

»کدام طرف؟ کدام طرف؟ "

und sie hielt die Hand auf den Kopf

و دستش را روی سرش گرفت

Sie wollte spüren, in welche Richtung sie wuchs

او می خواست احساس کند که به کدام سمت رشد می کند

Sie war ganz überrascht, als sie erfuhr, was geschehen war

او از اینکه متوجه شد چه اتفاقی افتاده بود کاملا شگفت زده شد

Sie war gleich groß geblieben!

او در همان اندازه باقی مانده بود !

Also verdoppelte sie dieses Mal ihre Bemühungen

بنابراین این بار او تلاش خود را دو برابر کرد

Und bald war der ganze Kuchen fertig

و به زودی کل کیک را تمام کرد

"Das wird immer interessanter!" rief Alice

"این بیشتر و جالب تر می شود "!آلیس فریاد زد

Man kann sehen, dass sie sehr überrascht war

می بینید که او بسیار شگفت زده شده بود

"Ich öffne mich wie das größte Teleskop, das es je gab!"

"من مانند بزرگترین تلسکوپی که تا به حال وجود داشته است باز می کنم"!

»Auf Wiedersehen, Füße! Oh, meine armen kleinen Füße"

"خداحافظ، پاها !آه، پاهای کوچک بیچاره من"

"Ich frage mich, wer euch jetzt die Schuhe anziehen wird, meine Lieben?"

"من تعجب می کنم که الان چه کسی کفش های شما را برای شما می پوشد، عزیزان؟"

»und ich frage mich, wer Ihre Strümpfe anziehen wird?«

»و من تعجب می کنم که چه کسی جوراب های شما را می پوشد؟«

"Ich werde viel zu weit weg sein"

"من خیلی خیلی دور خواهم بود"

"Ich werde mich nicht mehr um dich kümmern können"

"من دیگر نمی توانم خودم را در مورد تو به دردسر بیندازم"

In diesem Augenblick schlug ihr Kopf gegen etwas

درست در این لحظه سرش به چیزی برخورد کرد

Sie hatte das Dach des Saales erreicht

او به پشت بام سالن رسیده بود

Tatsächlich war sie jetzt mehr als zwei Meter groß

در واقع، او اکنون بیش از دو متر قد داشت

und sie ergriff sogleich den kleinen goldenen Schlüssel

و او فورا کلید طلایی کوچک را برداشت

und sie eilte zur Gartentür

و با عجله به سمت در باغ رفت

Arme Alice! Es gab nicht viel, was sie tun konnte

بیچاره آلیس !کار زیادی نمی توانست انجام دهد

Sie legte sich auf die Seite

او به یک طرف دراز کشید

Und sie blickte mit einem Auge in den Garten hinein

و با یک چشم به باغ نگاه کرد

Aber durchzukommen war hoffnungsloser denn je

اما عبور از همیشه ناامیدکننده تر از همیشه بود

Sie setzte sich und fing wieder an zu weinen

او نشست و دوباره شروع به گریه کرد

Sie fuhr fort, literweise Tränen zu vergießen

او به ریختن گالن اشک ادامه داد

Bald war ein großer Pool um sie herum

به زودی یک استخر بزرگ در اطراف او وجود داشت

und das Wasser reichte bis zur Hälfte des Flurs

و آب به نیمه راه سالن رسید

Nach einer Weile hörte sie ein leises Getrappel von Füßen

پس از مدتی، صدای کمی تق تق پاها را شنید

Sie hörte die Füße aus der Ferne kommen

او صدای پاها را از دور شنید

Und sie trocknete sich hastig die Augen, um zu sehen, was
kommen würde

و با عجله چشمانش را خشک کرد تا ببیند چه چیزی در راه است

Es war das weiße Kaninchen, das zurückkehrte

این خرگوش سفید بود که در حال بازگشت بود

Er war prächtig gekleidet

او لباس های باشکوهی پوشیده بود

Er hatte ein Paar weiße Handschuhe in der einen Hand

او یک جفت دستکش سفید در یک دست داشت

Und in der anderen Hand hatte er einen großen Federfächer

و او یک بادبزن پر بزرگ در دست دیگر داشت

Er kam in großer Eile dahergetrabt

او با عجله زیادی با یورتمه به جلو آمد

und er murmelte vor sich hin: »Ach! die Herzogin, die
Herzogin!«

و با خود زمزمه کرد» :آه إدوشس، دوشس"!

»Ach! wird sie nicht wild sein, wenn ich sie habe warten
lassen?«

"اوه !آیا او وحشی نخواهد بود اگر او را منتظر نگه داشته باشم«!

Als das Kaninchen in ihre Nähe kam, sprach Alice

وقتی خرگوش به او نزدیک شد، آلیس صحبت کرد

aber sie sprach mit leiser, schüchterner Stimme

اما او با صدایی آهسته و ترسو صحبت کرد

"Sir, bitte hören Sie für einen Moment auf, was Sie tun"

"آقا، لطفا برای یک لحظه کاری را که انجام می دهید متوقف کنید"

Das Kaninchen erschrak heftig

خرگوش به شدت وحشت زده شد

Er ließ die weißen Handschuhe und den Federfächer fallen

دستکش های سفید و پنکه پر را انداخت

und er eilte fort in die Dunkelheit, so schnell er konnte

و او به سرعت هر چه می توانست به تاریکی دوید

Alice hob den Federfächer und die Handschuhe auf

آلیس پنکه پر و دستکش را برداشت

Und sie fächelte sich immer wieder Luft zu, während sie
sprach

و در حالی که به صحبت کردن ادامه می داد، خودش را باد می زد

»Liebes, liebes Kind! Wie seltsam ist das alles heute!"

»عزیزم، عزیزم! امروز چقدر همه چیز عجیب است«!

"Gestern ging es weiter wie bisher"

"دیروز همه چیز طبق معمول پیش رفت"

"War ich heute Morgen noch so, als ich aufgestanden bin?"

"آیا من هم همینطور بودم که امروز صبح از خواب بیدار شدم؟"

"Aber wenn ich nicht mehr derselbe bin, dann ist das eine
andere Frage"

"اما اگر من مثل قبل نباشم، سوال دیگری وجود دارد"

"Wer in aller Welt bin ich?"

"من در دنیا کی هستم؟"

"Ah, das ist das große Rätsel!"

"آه، این پازل بزرگ است"!

Während sie das sagte, blickte sie auf ihre Hände hinunter

همانطور که این را می گفت، به دستانش نگاه کرد

Sie trug einen der kleinen weißen Handschuhe des
Kaninchens

او یکی از دستکش های سفید کوچک خرگوش را پوشیده بود

Sie hatte nicht bemerkt, dass sie den Handschuh angezogen
hatte, während sie sprach

او متوجه نشده بود که هنگام صحبت کردن دستکش را پوشیده است

"Wie konnte ich das machen?" dachte sie

«او فکر کرد: چطور می توانستم این کار را انجام دهم؟»

"Ich muss wieder klein werden"

"من باید دوباره کوچک شوم"

Sie stand auf und ging zum Tisch, um ihre Größe zu messen

بلند شد و به سمت میز رفت تا قدش را بسنجد

Sie stellte fest, dass sie jetzt etwa einen halben Meter groß
war

او متوجه شد که اکنون حدود نیم متر قد دارد

und sie schrumpfte immer noch schnell

و او هنوز به سرعت کوچک می شد

Bald fand sie heraus, was die Ursache für das Schrumpfen
war

او به زودی متوجه شد که علت کوچک شدن چیست

Der Federfächer machte sie wieder kleiner!

پنکه پر دوباره او را کوچکتر می کرد!

Und sie ließ hastig den Federfächer fallen

و بادبزن پر را با عجله رها کرد

Sie ließ den Federfächer gerade noch rechtzeitig fallen, um
sich zu retten

او پنکه پر را به موقع رها کرد تا خودش را نجات دهد

Hätte sie sich noch länger Luft zugefächelt, wäre sie völlig zusammengeschrumpft

اگر دیگر خودش را باد می زد، کاملا کوچک می شد

»Das war ein knappes Entkommen!« sagte Alice

آلیس گفت» :این یک فرار باریک بود«!

und sie erschrak sehr über die plötzliche Veränderung

و او از این تغییر ناگهانی بسیار ترسیده بود

aber sie war sehr froh, daß sie noch da war

اما او بسیار خوشحال بود که هنوز وجود دارد

"Und jetzt ab in den Garten!"

»و حالا، به باغ«!

Und sie lief mit aller Geschwindigkeit zurück zu der
kleinen Tür

و با تمام سرعت به سمت در کوچک دوید

Aber ach! Das Türchen wurde wieder geschlossen

اما، افسوس !در کوچک دوباره بسته شد

Und das goldene Schlüsselchen lag wieder auf dem
Glastisch

و کلید طلایی کوچک دوباره روی میز شیشه ای دراز کشیده بود

"Es ist schlimmer als je!" dachte das arme Kind

کودک بیچاره فکر کرد» :اوضاع بدتر از همیشه است

"So klein war ich noch nie, niemals!"

"من قبلا هرگز به این اندازه کوچک نبودم، هرگز"!

Bei diesen Worten rutschte ihr Fuß aus

همانطور که این کلمات را می گفت، پایش لیز خورد

Und im nächsten Augenblick gab es ein großes Plätschern!

و در لحظه ای دیگر صدای زیادی به صدا درآمد!

Sie stand bis zum Kinn im Salzwasser

او تا چانه اش در آب نمک بود

Ihre erste Idee war, dass sie irgendwie ins Meer gefallen war

اولین ایده او این بود که به نوعی در دریا افتاده است

Sie erkannte jedoch bald, worin sie sich befand

با این حال، او به زودی متوجه شد که در چه چیزی است

Sie war in einer Tränenlache

او در حوضچه ای از اشک بود

die Tränen, die sie geweint hatte, als sie zwei Meter groß
war

اشک هایی که وقتی دو متر قد داشت گریه کرده بود

In diesem Augenblick hörte sie etwas

درست در همان لحظه چیزی شنید

Etwas plätscherte im Pool herum

چیزی در استخر پاشیده می شد

Das Plätschern kam aus einiger Entfernung

پاشیدن از کمی دور آمد

und sie schwamm näher, um zu sehen, was das Plätschern
war

و نزدیکتر شنا کرد تا ببیند پاشیدن چیست

Bald sah sie, dass es nur eine kleine Maus war

او به زودی دید که فقط یک موش کوچک است

Auch die kleine Maus war ins Wasser geschlüpft

موش کوچولو نیز به داخل آب لیز خورده بود

Alice dachte bei sich über die Situation nach

آلیس با خودش در مورد وضعیت فکر کرد

"Würde es etwas nützen, mit dieser Maus zu sprechen?"

»آیا صحبت کردن با این موش فایده ای دارد؟«

"Hier unten steht alles auf dem Kopf"

"همه چیز اینجا خیلی وارونه است"

"Ich denke, es ist sehr wahrscheinlich, dass diese Maus

sprechen kann."

"من باید فکر کنم به احتمال زیاد این موش می تواند صحبت کند"

"Es schadet jedenfalls nicht, es zu versuchen"

"به هر حال، تلاش کردن ضرری ندارد"

Also begann sie zu versuchen, mit der Maus zu sprechen

بنابراین او شروع به تلاش برای صحبت با موش کرد

"Oh Maus, kennst du den Weg aus diesem Pool?"

"اوه موش، راه خروج از این استخر را می دانی؟"

"Ich bin es leid, hier herumzuschwimmen, oh Maus!"

"من از شنا کردن اینجا خیلی خسته شده ام، اوه موش"!

Die Maus schaute sie ziemlich neugierig an

موش با کنجکاوی به او نگاه کرد

Die Maus schien mit einem ihrer kleinen Augen zu blinzeln

به نظر می رسید موش با یکی از چشمان کوچکش چشمک می زند

Aber die kleine Maus sagte nichts

اما موش کوچولو چیزی نگفت

"Vielleicht versteht die Maus kein Englisch!" dachte Alice

آلیس فکر کرد» :شاید موش انگلیسی نمی فهمد

"Ich wage zu behaupten, es ist eine französische Maus"

"به جرات می توانم بگویم که این یک موش فرانسوی است"

"Vielleicht kam diese Maus mit Wilhelm dem Eroberer
herüber"

"شاید این موش با ویلیام فاتح آمده است"

Also fing sie wieder an, auf Französisch

بنابراین او دوباره به زبان فرانسوی شروع کرد

"Wo ist meine Katze?", fragte sie auf Französisch

"گربه من کجاست؟ "او به فرانسوی پرسید.

es war der erste Satz in ihrem französischen Unterrichtsbuch

این اولین جمله در کتاب درس فرانسوی او بود

Die Maus machte einen plötzlichen Sprung aus dem Wasser

موش به طور ناگهانی از آب بیرون پرید

Und die Maus schien am ganzen Leibe vor Schreck zu
zittern

و به نظر می رسید موش از ترس می لرزد

"Oh, ich bitte um Verzeihung!" rief Alice hastig

»اوه، من از شما عذرخواهی می کنم «آلیس با عجله فریاد زد

Sie fürchtete, sie habe die Gefühle des armen Tieres verletzt

او می ترسید که احساسات حیوان بیچاره را جریحه دار کرده باشد

"Ich habe ganz vergessen, dass du keine Katzen magst"

"من کاملا فراموش کردم که تو گربه ها را دوست نداشتی"

"Ich mag keine Katzen!" rief die Maus mit schriller,
leidenschaftlicher Stimme

موش با صدایی خشن و پرشور فریاد زد» :من گربه ها را دوست
ندارم«!

"Hättest du gerne Katzen, wenn du ich wärst?"

"آیا گربه می خواهی، اگر من بودی؟"

Alice tröstete die Maus in einem beruhigenden Ton

آلیس با لحنی آرامش بخش موش را آرام کرد

"Naja, vielleicht würde ich an deiner Stelle auch keine
Katzen mögen"

"خوب، شاید اگر من جای تو بودم گربه ها را دوست نداشتم"

"Bitte ärgern Sie sich nicht über die Erwähnung von Katzen"

"لطفا از ذکر گربه ها عصبانی نباشید"

"Und doch wünschte ich, ich könnte dir unsere Katze Dina
zeigen"

"و با این حال آرزو می کنم که می توانستم گربه مان دینا را به شما
نشان دهم"

"Wenn du sie treffen würdest, würdest du wohl Gefallen an
Katzen finden"

"اگر او را ملاقات می کردید، فکر می کنم به گربه ها علاقه مند می
شدید"

"Wenn du sie nur sehen könntest"

"اگر فقط می توانستی او را ببینی"

"Sie ist so ein liebes, stilles Ding"

"او یک چیز عزیز و ساکت است"

Die Maus zitterte am ganzen Körper

موش همه جا می لرزید

Alice war sich sicher, dass die Maus wirklich beleidigt sein
musste

آلیس مطمئن بود که موش واقعا آزرده شده است

"Wir reden nicht mehr über sie, wenn du lieber nicht willst"

"اگر ترجیح می دهید دیگر در مورد او صحبت نخواهیم کرد"

"Wir, allerdings!" rief die Maus

موش فریاد زد» :ما، واقعا«!

Die Maus zitterte bis zum Ende ihres Schwanzes

موش تا انتهای دمش می لرزید

»Als ob ich über so ein Thema reden würde!«

»انگار در مورد چنین موضوعی صحبت می کنم«!

"Unsere Familie hat Katzen schon immer gehasst"

"خانواده ما همیشه از گربه ها متنفر بودند"

"Katzen; Gemeine, niedrige, gemeine Dinger!"

"گربه ها .چیزهای زننده، و مبتذل«!

"Laß mich den Namen nicht noch einmal hören!"

"اجازه ندهید دوباره نام را بشنوم"!

"Katzen will ich ja nicht mehr erwähnen!" sagte Alice

آلیس گفت» :من واقعا دیگر از گربه ها نام نمی برم«!

Sie hatte es sehr eilig, das Thema zu wechseln

او خیلی عجله داشت که موضوع را تغییر دهد

"Bist du... Lieben Sie Hunde?«

"آیا شما ...آیا شما به سگ علاقه دارید؟"

"Es gibt so einen netten kleinen Hund in der Nähe unseres
Hauses."

"یک سگ کوچک خوب نزدیک خانه ما وجود دارد،"

"Ich möchte dir den kleinen Hund zeigen!"

»می خواهم سگ کوچولو را به شما نشان دهم«!

"Dieser kleine Hund tötet alle Ratten und...

"این سگ کوچک همه موش ها را می کشد و...

»O je!« rief Alice in traurigem Tone

»آه، عزیزم «آلیس با لحنی غمگین فریاد زد

»Ich fürchte, ich habe dich schon wieder beleidigt!«

"می ترسم دوباره به تو توهین کرده باشم"!

Die Maus schwamm so schnell sie konnte von ihr weg

موش با سرعتی که می توانست از او دور می شد

Und die Maus machte einen ziemlichen Aufruhr im Tümpel

و موش در استخر هیاهو کرد

Da rief sie leise der Maus nach

بنابراین او به آرامی موش را صدا زد

"Meine liebe Maus, komm bitte zurück!"

"موش عزیزم، لطفا برگرد"!

"Und wir werden nicht über Katzen sprechen"

"و ما در مورد گربه ها صحبت نمی کنیم"

"Und über Hunde müssen wir auch nicht reden"

"و ما مجبور نیستیم در مورد سگ ها نیز صحبت کنیم"

Als die Maus das hörte, drehte sie sich um

وقتی موش این را شنید، برگشت

Und die kleine Maus schwamm langsam zu ihr zurück

و موش کوچولو به آرامی به سمت او شنا کرد

Das Gesicht der Maus war ganz blaß

صورت موش کاملا رنگ پریده بود

Und die Maus sprach mit leiser, zitternder Stimme

و موش با صدایی آهسته و لرزان صحبت کرد

"Lasst uns ans Ufer gehen"

"بگذار به ساحل برسیم"

"Und dann erzähle ich dir meine Geschichte"

"و سپس تاریخچه ام را به شما می گویم"

"Und du wirst verstehen, warum ich Katzen und Hunde
hasse"

"و شما خواهید فهمید که چرا من از گربه ها و سگ ها متنفرم"

Es war höchste Zeit zu gehen

زمان رفتن فرا رسیده بود

weil der Pool ziemlich voll wurde

چون استخر کاملا شلوغ می شد

Andere Vögel und Tiere waren in den Pool gefallen

پرندگان و حیوانات دیگر در استخر افتاده بودند

es gab eine Ente und einen Dodo

یک اردک و یک دودو وجود داشت

und da waren ein Lory-Vogel und ein Adler

و یک پرنده لوری و یک عقاب وجود داشت

und es gab noch einige andere interessant aussehende
Kreaturen

و چندین موجود جالب دیگر نیز وجود داشتند

Alice führte den Weg aus dem Pool

آلیس راه خروج از استخر را هدایت کرد

und die ganze Gesellschaft der Tiere schwamm ans Ufer

و تمام گروه حیوانات به ساحل شنا کردند

Ein Caucus-Rennen und ein langer Schwanz

یک مسابقه حزبی و یک دم بلند

Es waren in der Tat ein lustig aussehender Haufen Tiere

آنها در واقع یک دسته حیوانات خنده دار بودند

und sie versammelten sich alle am Ufer des Wassers

و همه آنها در ساحل آب جمع شدند

die Vögel hatten alle zerzauste Federn

پرندگان همگی پرهای آویزان داشتند

und die pelzigen Tiere waren durchnässt

و حیوانات پشمالو خیس شدند

und alle waren triefend nass, genervt und unwohl

و همه خیس ، آزرده و ناراحت کننده بودند

Es gab eine Frage, die zuerst beantwortet werden musste

یک سوال وجود داشت که ابتدا باید به آن پاسخ داده می شد

Was ist der beste Weg für alle, um trocken zu werden?

بهترین راه برای خشک شدن همه چیست؟

Sie hatten eine Konsultation zu diesem Thema

آنها در این مورد مشورت کردند

Bald waren sie alle auf vertrautem Einvernehmen

به زودی همه آنها با شرایط آشنا آشنا شدند

Es war, als ob sie sie ihr ganzes Leben lang gekannt hätte

انگار تمام عمرش آنها را می شناخت

Die Maus schien eine Person mit einer gewissen Autorität
zu sein

به نظر می رسید موش فردی با اقتدار است

"Setzt euch, ihr alle, und hört mir zu!

»بنشینید، همه شما، و به من گوش دهید!

"Ich werde euch bald wieder alle trocken machen!"

"به زودی همه شما را دوباره خشک خواهم کرد"!

Sie setzten sich alle auf einmal in einem großen Ring nieder

همه آنها به یکباره نشستند، در یک حلقه بزرگ

Und die kleine Maus saß in der Mitte

و موش کوچولو وسط نشست

"Ähm!" sagte die Maus mit einer wichtigen Miene

موش با هوای مهمی گفت» :آهم«!

"Seid ihr bereit?"

"همه شما آماده اید؟"

"Das ist das Trockenste, was ich kenne"

"این خشک ترین چیزی است که می دانم"

»Schweigen Sie ringsum, wenn Sie wollen!«

»سکوت اطراف، اگر بخواهید«!

"Wilhelm der Eroberer wurde vom Papst begünstigt"

"ویلیام فاتح مورد علاقه پاپ بود"

"aber er wurde bald von den Engländern unterworfen"

"اما به زودی توسط انگلیسی ها تسلیم شد"

"Sie wollten in letzter Zeit Führer"

"آنها اخیرا رهبران می خواستند"

"Und sie waren an Macht und Eroberung gewöhnt"

"و آنها به قدرت و کشورگشایی عادت کرده بودند"

"Edwin und Morcar, die Grafen von Mercia und
Northumbria"

"ادوین و مورکار، ارل های مرسیا و نورثمبریا"

»Pfui!« sagte der Lori-Vogel mit einem Schauer

پرنده لوری با لرزش گفت» :اوه«!

"und sogar Stigand, der patriotische Erzbischof von
Canterbury"

"و حتی استیگاند، اسقف اعظم میهن پرست کانتربری"

"Er fand es auch ratsam"

"او همچنین آن را توصیه می کند"

"Was hielt er für ratsam?" fragte die Ente

«اردک گفت» :چه چیزی به نظر او توصیه می شود؟«

"Er fand es ratsam", antwortete die Maus ziemlich verärgert

موش با عصبانیت پاسخ داد» :او این را توصیه می کند«

aber die Ente war nicht zufrieden

اما اردک راضی نبود

"Natürlich weißt du, was 'es' bedeutet"

"البته، شما می دانید که" آن "به چه معناست"

"Ich weiß, was es ist, wenn ich etwas finde," sagte die Ente

اردک گفت» :وقتی چیزی پیدا می کنم می دانم که» آن «چیست

"Es ist in der Regel ein Frosch oder ein Wurm"

"به طور کلی قورباغه یا کرم است"

"Die Frage ist, was hat der Erzbischof gefunden?"

"سوال این است که اسقف اعظم چه چیزی پیدا کرد؟"

Die Maus bemerkte diese Frage nicht

موش متوجه این سوال نشد

Stattdessen fuhr die Maus hastig mit der Rede fort

در عوض، موش با عجله به سخنرانی ادامه داد

"Er fand es ratsam, mit Edgar Atheling zu gehen"

»او صلاح یافت که با ادگار اتلینگ برود«

"um William zu treffen und ihm die Krone anzubieten"

"برای دیدار با ویلیام و تقدیم تاج به او"

fuhr die Maus fort und wandte sich dabei an Alice

موش ادامه داد و در حالی که صحبت می کرد به سمت آلیس چرخید

»Wie geht es dir jetzt, meine Liebe?«

»الان چطور هستی، عزیزم؟«

»So naß wie immer,« sagte Alice in melancholischem Tone

آلیس با لحنی مالیخولیایی گفت» :مثل همیشه خیس

"Diese Geschichte scheint mich überhaupt nicht
auszutrocknen"

"به نظر نمی رسد این داستان اصلا مرا خشک کند"

»In diesem Falle,« sagte der Dodo feierlich und erhob sich

دودو با جدیت گفت» :در این صورت «او روی پاهایش بلند شد

"Ich stimme dafür, dass die Sitzung vertagt wird"

"من رای می دهم که جلسه به تعویق بیفتد"

"und ich schlage vor, sofort energischere Heilmittel zu ergreifen"

"و من پیشنهاد می کنم که فورا درمان های پرانرژی تر اتخاذ شود"

"Sprich wahre Worte!" sagte der Adler

عقاب گفت» :کلمات واقعی بگویید«!

"Ich weiß nicht, was die Hälfte dieser langen Worte bedeutet"

"من معنی نیمی از آن کلمات طولانی را نمی دانم"

»und außerdem glaube ich nicht, daß Sie es wissen!«

»و علاوه بر این، من باور نمی کنم که شما هم می دانید«!

»Was ich sagen wollte«, sagte der Dodo in beleidigtem Ton

دودو با لحنی آزرده آمیز گفت» :آنچه می خواستم بگویم«

"Das Beste, was uns trocken kriegt, wäre ein Caucus-Rennen"

"بهترین کار برای خشک کردن ما یک مسابقه حزبی است"

»Was ist ein Caucus-Rennen?« fragte Alice

آلیس گفت" :مسابقه انجمن حزبی چیست؟"

"Nun", sagte der Dodo, "der beste Weg, es zu erklären, ist, es zu tun."

دودو گفت: "خوب، بهترین راه برای توضیح آن انجام آن است"

"Zuerst steckte der Dodo eine Rennbahn ab"

"ابتدا دودو یک مسیر مسابقه را مشخص کرد"

"Die Strecke verlief in einer Art Kreis"

"آهنگ در نوعی دایره بود"

"Und dann wurde die ganze Gesellschaft entlang der Strecke
platziert"

"و سپس همه مهمانی در طول مسیر قرار گرفتند"

Es gab kein "Eins, zwei, drei und weg!"

"هیچ یک، دو، سه و دور "اوجود نداشت.

aber sie fingen an zu rennen, wann sie wollten

اما هر زمان که دوست داشتند شروع به دویدن کردند

Und sie beendeten auch, wenn sie wollten

و آنها همچنین هر زمان که دوست داشتند تمام کردند

Es war also nicht einfach zu wissen, wann das Rennen
vorbei war

بنابراین دانستن اینکه چه زمانی مسابقه تمام شده است آسان نبود

Nach etwa einer halben Stunde Laufen waren sie alle
ziemlich trocken

بعد از نیم ساعت یا بیشتر دویدن همه آنها کاملا خشک شدند

der Dodo rief plötzlich: "Das Rennen ist vorbei!"

دودو ناگهان فریاد زد: "مسابقه تمام شد"!

Und sie drängten sich alle um den Dodo

و همه آنها در اطراف دودو ازدحام کردند

Alle Tiere hechelten und schnauften

همه حیوانات نفس نفس می زدند و پف می کردند

und sie alle wollten wissen: "Aber wer hat gewonnen?"

و همه آنها می خواستند بدانند، "اما چه کسی برنده شده است؟"

Diese Frage konnte der Dodo nicht sofort beantworten

این سوال دودو نتوانست بلافاصله به آن پاسخ دهد

Zuerst musste er sehr viel nachdenken

ابتدا باید خیلی فکر می کرد

Nach langem Nachdenken sprach der Dodo schließlich

پس از تفکر بسیار، دودو بالاخره صحبت کرد

"Jeder hat gewonnen, und jeder muss Preise haben"

"همه برنده شده اند و همه باید جایزه داشته باشند"

»Aber wer soll die Preise geben?« fragte ein Chor von
Stimmen

»اما چه کسی باید جوایز را بدهد؟« گروهی از صداها پرسیدند

"Nun, sie natürlich", sagte der Dodo

»خب، او البته« :دودو گفت

und der Dodo deutete mit einem Finger auf Alice

و دودو با یک انگشت به سمت آلیس اشاره کرد

und die ganze Gesellschaft von Tieren drängte sich um sie

و کل گروه حیوانات دور او جمع شدند

sie riefen verwirrt: »Preise! Preise!"

آنها به شکلی گیج فریاد زدند» :جوایز! جوایز«!

Alice hatte keine Ahnung, was sie tun sollte

آلیس نمی دانست چه کاری باید انجام دهد

Verzweifelt steckte sie die Hand in die Tasche

با ناامیدی دستش را در جیبش گذاشت

Und sie zog eine Schachtel mit Süßigkeiten hervor

و یک جعبه شیرینی بیرون آورد

Glücklicherweise war das Salzwasser nicht in den Kasten
gelangt

خوشبختانه آب نمک وارد جعبه نشده بود

Und sie reichte die Süßigkeiten als Preise herum

و شیرینی ها را به عنوان جایزه تحویل داد

Es gab genau ein Stück für jeden

دقیقا یک قطعه برای همه وجود داشت

Das nächste, was sie tun mussten, war, die Süßigkeiten zu
essen

کار بعدی که باید انجام می دادند این بود که شیرینی ها را بخورند

Dies verursachte einige Geräusche und Verwirrung

این باعث سر و صدا و سردرگمی شد

Die großen Vögel klagten, dass sie ihre Süßigkeiten nicht
schmecken konnten

پرندگان بزرگ شکایت می کردند که نمی توانند شیرینی هایشان را
بچشند

Die Kleinen verschluckten sich und mussten auf den
Rücken geklopft werden

کوچکها خفه می شدند و باید به پشت ضربه می زدند

Doch dann war es endlich vorbei

با این حال، بالاخره تمام شد

Und sie setzten sich wieder in einem Ring nieder

و آنها دوباره در یک حلقه نشستند

Und sie flehten die Maus an, ihnen noch etwas zu erzählen

و آنها به موش التماس کردند که چیز دیگری به آنها بگوید

»Du hast versprochen, mir deine Geschichte zu erzählen,
weißt du,« sagte Alice

آلیس گفت» :تو قول دادی که تاریخت را به من بگویی، می دانید«.

und sie machte noch eine kleine Bemerkung über Katzen im
Flüsterton

و او یک نکته کوچک دیگر در مورد گربه ها با زمزمه بیان کرد

Sie wollte die Maus nicht noch einmal beleidigen

او نمی خواست دوباره به موش توهین کند

die kleine Maus drehte sich zu Alice um und seufzte

موش کوچولو رو به آلیس کرد و آهی کشید

"Meine Geschichte ist lang und traurig!"

"داستان من یک داستان طولانی و غم انگیز است"!

»Es ist gewiß ein langer Schwanz,« sagte Alice

آلیس گفت» :مطمئنا دم بلندی است

Und sie blickte verwundert auf den Schwanz der Maus
hinunter

و با تعجب به دم موش نگاه کرد

"Aber warum nennst du es einen traurigen Schwanz?"

»اما چرا آن را دم غمگین می گویی؟«

Und sie rätselte unaufhörlich, während die Maus sprach

و در حالی که موش صحبت می کرد در مورد آن گیج می شد

so daß ihre Vorstellung von der Geschichte ungefähr so
aussah

به طوری که او از ایده داستان چیزی شبیه به این بود

"Fury said to
a mouse, That
he met in the
house, 'Let
us both go
to law: *I*
will prosecute
you.—
Come, I'll
take no denial:
We must have
the trial;
For really
this morning
I've
nothing
to do.'
Said the
mouse to
the cur,
'Such a
trial, dear
sir, With
no jury
or judge,
would
be wasting
our
breath.'
'I'll be
judge,
I'll be
jury,'
said
cunning
old
Fury;
'I'll
try
the
whole
cause,
and
condemn
you to
death.'"

Fury sagte zu einer Maus, die er im Haus getroffen hat."

فیوری به موش گفت، که او در خانه ملاقات کرده است"

Lasst uns beide vor Gericht gehen: Ich werde euch anklagen

بگذارید هر دو به سراغ قانون برویم: من شما را تحت پیگرد قانونی قرار خواهم داد

Kommen Sie, ich leugne es nicht: Wir müssen den Prozeß haben

بیا، من انکار نمی کنم: ما باید محاکمه را داشته باشیم

Denn heute morgen habe ich wirklich nichts zu tun

برای واقعا امروز صبح من هیچ کاری برای انجام دادن ندارم

Sagte die Maus zum Pfarrer;

موش به cur گفت;

Ein solcher Prozeß, lieber Herr, ohne Geschworene und
Richter, würde uns den Atem rauben

آقا عزیز، چنین محاکمه ای بدون هیئت منصفه یا قاضی، نفس ما را تلف
می کند

»Ich werde Richter sein, ich werde Geschworener sein«,
sagte der schlaue alte Fury

"من قاضی خواهم شد، من هیئت منصفه خواهم شد، "فیوری پیر حیله
گر گفت

Ich werde die ganze Sache prüfen und dich zum Tode
verurteilen

من تمام هدف را امتحان خواهم کرد و تو را به مرگ محکوم می کنم

die Maus sprach streng zu Alice

موش به شدت با آلیس صحبت کرد

"Du passt nicht auf!"

"شما توجه نمی کنید"!

"Woran denkst du?"

"به چه فکر می کنی؟"

»Ich bitte um Verzeihung,« sagte Alice sehr demütig

»من از شما عذرخواهی می کنم« :آلیس با فروتنی گفت

»Sie waren in der fünften Kurve angelangt, glaube ich?«

»فکر می کنم به پیچ پنجم رسیده بودی؟«

"Du beleidigst mich, indem du so einen Unsinn redest!"

»تو با چنین مزخرفاتی به من توهین می کنی«!

Und die Maus stand auf und ging weg

و موش بلند شد و دور شد

Alice rief der kleinen Maus hinterher

آلیس بعد از موش کوچولو صدا زد

"Bitte komm zurück und beende deine Geschichte!"

"لطفا برگرد و داستانت را تمام کن"!

Und die andern stimmten alle in den Chor ein

و بقیه همگی به گروه کر پیوستند

"Ja, bitte beenden Sie Ihre Geschichte!"

"بله، لطفا داستانتان را تمام کنید"!

Aber die Maus schüttelte nur ungeduldig den Kopf

اما موش فقط با بی حوصلگی سرش را تکان داد

Und die kleine Maus ging ein wenig schneller

و موش کوچولو کمی سریع‌تر راه رفت

"Ich wünschte, ich hätte Dinah, unsere Katze, hier!" sagte Alice

آلیس گفت» :ای کاش دینا، گربه ما را اینجا داشتم«!

Dies erregte in der Partei ein bemerkenswertes Aufsehen

این باعث ایجاد شور و هیجان قابل توجهی در میان حزب شد

Einige der Vögel eilten sofort davon

برخی از پرندگان فورا با عجله رفتند

und ein Kanarienvogel rief mit zitternder Stimme seinen Kindern zu;

و یک قناری با صدایی لرزان فرزندانش را صدا زد.

»Kommt fort, meine Lieben!«

"دور شوید، عزیزانم"!

"Es ist höchste Zeit, dass ihr alle im Bett seid!"

"وقت آن رسیده است که همه در رختخواب باشید"!

Mit verschiedenen Ausreden gingen sie alle weg

با بهانه های مختلف همه رفتند

und Alice war bald allein

و آلیس به زودی تنها ماند

"Ich wünschte, ich hätte Dina nicht erwähnt!"

»ای کاش به دینا اشاره نمی کردم«!

"Niemand scheint sie hier unten zu mögen"

"به نظر می رسد هیچ او را اینجا دوست ندارد"

"Aber ich bin mir sicher, dass sie die beste Katze von der Welt ist!"

"اما من مطمئن هستم که او بهترین گربه جهان است"!

Die arme Alice fing wieder an zu weinen

آلیس بیچاره دوباره شروع به گریه کرد

weil sie sich sehr einsam und niedergeschlagen fühlte

زیرا او احساس تنهایی و روحیه بسیار پایین می کرد

Nach einer Weile aber hörte sie wieder etwas

با این حال، پس از مدتی، او دوباره چیزی شنید

ein leises Getrappel von Schritten in der Ferne

کمی صدای پا در دوردست

und sie blickte eifrig auf

و با اشتیاق به بالا نگاه کرد

Der Hase schickt den kleinen Mr. Bill herein
خرگوش آقای بیل کوچک را می فرستد

Es war das weiße Kaninchen, das langsam wieder
zurücktrabte

این خرگوش سفید بود که دوباره به آرامی به عقب می رفت

Er sah sich ängstlich um, während er ging

او در حین رفتن با نگرانی به اطراف نگاه می کرد

Er sah aus, als hätte er etwas verloren

به نظر می رسید که چیزی را گم کرده است

Alice hörte, wie er vor sich hin murmelte

آلیس شنید که او با خودش زمزمه می کند

»Die Herzogin! Die Herzogin! Oh, meine lieben Pfoten!"

"دوشس إدوشس إآه، پنجه های عزیزم"!

"Oh, mein Fell und meine Schnurrhaare!"

"اوه، خز و سبیل من"!

"Sie wird mich hinrichten lassen, da bin ich mir sicher"

"او مرا اعدام می کند، من از این موضوع مطمئن هستم"

"Genauso sicher, wie Frettchen Frettchen sind!"

"به همان اندازه که موش ها موش هستند"!

**"Wo kann ich meine Sachen abgestellt haben, frage ich
mich?"**

"من تعجب می کنم که کجا می توانم وسایلم را رها کنم؟"

Alice erriet in einem Augenblick, was er suchte

آلیس در یک لحظه حدس زد که به دنبال چه چیزی است

Er war auf der Suche nach dem Federfächer

او به دنبال پنکه پر بود

Und er suchte nach dem Paar weißer Handschuhe

و او به دنبال یک جفت دستکش سفید بود

So machte sie sich sehr gutmütig auf die Suche nach den Handschuhen

بنابراین او بسیار خوش اخلاق شروع به جستجوی دستکش کرد

Und sie suchte auch nach dem Federfächer

و او هم به دنبال پنکه پر گشت

Aber die Handschuhe und der Federfächer waren nirgends zu sehen

اما دستکش و پنکه پر در هیچ کجا دیده نمی شد

Alles schien sich verändert zu haben, seit sie im Pool geschwommen war

به نظر می رسید همه چیز از زمانی که او در استخر شنا کرده است تغییر کرده است

Nichts war mehr so, wie es war, seit sie in der Großen Halle gewesen war

از زمانی که او در سالن بزرگ بود هیچ چیز مثل قبل نبود

und der Glastisch war verschwunden

و میز شیشه ای ناپدید شده بود

Und die kleine Tür war auch nicht da

و در کوچک هم آنجا نبود

Sehr bald bemerkte das Kaninchen Alice

خیلی زود خرگوش متوجه آلیس شد

rief er ihr in zornigem Ton zu

او با لحنی عصبانی او را صدا زد

"Mary Ann, was machst du hier draußen?"

"مری آن، اینجا چه کار می کنی؟"

"Lauf in diesem Moment nach Hause"

"این لحظه به خانه بدوید"

"Und hol mir ein Paar Handschuhe und einen Federfächer!"

"و یک جفت دستکش و یک پنکه پر برای من بیاور"!

"Und beeil dich!"

»و در این مورد سریع باشید«!

Alice sprach mit sich selbst, als sie davonrannte

آلیس در حالی که فرار می کرد با خودش صحبت کرد

"Er muss mich für sein Hausmädchen gehalten haben!"

»حتما مرا با خدمتکارش اشتباه گرفته است«!

"Wie überrascht wird er sein, wenn er herausfindet, wer ich bin!"

"چقدر تعجب خواهد کرد وقتی بفهمد من کی هستم"!

Während sie dies sagte, stieß sie auf ein hübsches Häuschen

همانطور که این را می گفت، به یک خانه کوچک مرتب برخورد کرد

An der Tür des Hauses hing eine helle Messingplatte

روی در خانه یک بشقاب برنجی روشن بود

"W. HASE"

"دبلیو خرگوش"

Sie trat ein, ohne an die Tür zu klopfen

او بدون اینکه در را بزند وارد شد

und sie eilte geradewegs die Treppe hinauf

و او با عجله مستقیم به طبقه بالا رفت

sie machte sich Sorgen, dass sie die echte Mary Ann treffen könnte

او نگران بود که ممکن است مری آن واقعی را ملاقات کند

denn dann würde sie aus dem Haus gejagt werden

زیرا در این صورت او را از خانه بیرون می کردند

Und sie würde den Federfächer und die Handschuhe nicht finden können

و او نمی توانست پنکه پر و دستکش را پیدا کند

Alice hatte den Weg in ein aufgeräumtes Kämmerlein gefunden

آلیس راه خود را به یک اتاق کوچک مرتب پیدا کرده بود

Im Zimmer stand ein Tisch am Fenster

در اتاق میزی کنار پنجره بود

und auf dem Tisch stand ein Federfächer

و روی میز یک پنکه پر بود

Und da waren zwei oder drei Paar winzige weiße Handschuhe

و دو یا سه جفت دستکش سفید کوچک وجود داشت

Sie hob den Federfächer und ein Paar Handschuhe auf

او پنکه پر و یک جفت دستکش را برداشت

und sie war eben im Begriff, das Zimmer zu verlassen

و او تازه می خواست اتاق را ترک کند

Aber dann fiel ihr Blick auf ein Fläschchen

اما بعد چشمانش به یک بطری کوچک افتاد

Sie entkorkte die Flasche und führte sie an ihre Lippen

بطری را باز کرد و روی لب هایش گذاشت

"Ich hoffe, dass ich dadurch wieder groß werde"

"امیدوارم که دوباره بزرگ شوم"

"Ich bin es leid, so ein winziges Ding zu sein!"

"من از اینکه چنین چیز کوچکی هستم خسته شده ام"!

Alice hatte kaum die halbe Flasche getrunken

آلیس به سختی نیمی از بطری را نوشیده بود

Ihr Kopf drückte bereits gegen die Decke

سرش از قبل به سقف فشار آورده بود

und sie musste sich bücken

و او مجبور شد خم شود

um ihr das Genick vor dem Genickbruch zu bewahren

تا گردنش را از شکستن نجات دهد

Hastig stellte sie die Flasche ab

او با عجله بطری را زمین گذاشت

"Das reicht"

"این کاملا کافی است"

"Ich hoffe, ich wachse nicht mehr"

"امیدوارم دیگر رشد نکنم"

Leider! Es war zu spät, das zu wünschen!

افسوس !برای آرزو کردن آن خیلی دیر شده بود!

Sie wuchs und wuchs weiter

او به رشد و رشد ادامه داد

und sehr bald musste sie sich auf den Boden knien

و خیلی زود مجبور شد روی زمین زانو بزند

und selbst dann wuchs sie weiter

و حتی پس از آن او به رشد خود ادامه داد

Als letztes Mittel streckte sie einen Arm aus dem Fenster

به عنوان آخرین منبع، او یک بازوی خود را از پنجره بیرون آورد

und sie setzte einen Fuß auf den Schornstein

و او یک پا را بالای دودکش گذاشت

"Jetzt kann ich nicht mehr, was auch immer passiert"

"حالا دیگر نمی توانم انجام دهم، هر اتفاقی بیفتد"

»Was wird aus mir?«

»چه اتفاقی برای من خواهد افتاد؟«

Alice hatte Glück

آلیس یک نقطه شانس داشت

Das kleine Zauberfläschchen hatte seine volle Wirkung
entfaltet

بطری جادویی کوچک اثر کامل خود را داشت

und Alice wurde nicht größer, als sie war

و آلیس بزرگتر از او نبود

Nach ein paar Minuten hörte sie draußen eine Stimme

بعد از چند دقیقه صدایی را از بیرون شنید

Und sie blieb stehen, um der Stimme zu lauschen

و ایستاد تا به صدا گوش دهد

»Mary Ann! Mary Ann!« sagte die Stimme

"مری آن مری آن "صدا گفت

"Hol mir gleich meine Handschuhe!"

"این لحظه دستکش هایم را برای من بیاور"!

Dann ertönte ein leises Getrappel von Füßen auf der Treppe

سپس کمی تکان دادن پاها روی پله ها آمد

Alice wusste, dass es das Kaninchen war, das kam, um sie zu
suchen

آلیس می دانست که خرگوش است که به دنبال او می آید

und sie zitterte, bis sie das Haus erschütterte

و او لرزید تا اینکه خانه را تکان داد

Sie vergaß ganz, welche Proportionen sie hatte

او کاملا فراموش کرده بود که نسبت هایش چقدر است

Sie war tausendmal so groß wie das Kaninchen

او هزار برابر خرگوش بزرگ تر بود

und sie hatte keinen Grund, sich vor einem Kaninchen zu
fürchten

و هیچ دلیلی برای ترس از خرگوش نداشت

Bald kam das Kaninchen an die Tür heran

بلافاصله خرگوش به در آمد

Und das kleine Kaninchen versuchte, die Tür zu öffnen

و خرگوش کوچولو سعی کرد در را باز کند

Die Tür begann sich nach innen zu öffnen

در شروع به باز شدن به سمت داخل کرد

aber Alices Ellbogen wurde hart gegen die Tür gedrückt

اما آرنج آلیس به شدت به در فشار داده شد

Dieser Versuch erwies sich als Fehlschlag

این تلاش شکست خورده بود

Alice hörte, wie das Kaninchen mit sich selbst sprach

آلیس شنید که خرگوش با خودش صحبت می کند

"Dann gehe ich herum und steige durch das Fenster ein"

"بعد می روم و از پنجره وارد می شوم"

"Das wirst du nicht!" dachte Alice

آلیس فکر کرد» :این کار را نمی کنی!«

und sie wartete wieder ein wenig

و او دوباره کمی صبر کرد

Bald hörte sie das Kaninchen gerade unter dem Fenster

به زودی صدای خرگوش را درست زیر پنجره شنید

Plötzlich streckte sie ihre Hand aus

ناگهان دستش را دراز کرد

Und sie machte einen Sprung in die Luft

و او یک قاپ در هوا انجام داد

Sie bekam nichts in die Finger

او چیزی را به دست نیاورد

aber sie hörte einen kleinen Schrei und einen Sturz

اما او صدای کمی جیغ و سقوط را شنید

und sie hörte ein Krachen von zerbrochenem Glas

و صدای برخورد شیشه های شکسته را شنید

Vielleicht war das Kaninchen gefallen

شاید خرگوش افتاده بود

Vielleicht war er in einem Gewächshaus

شاید او در یک گلخانه بود

Dann ertönte eine zornige Stimme; Die Stimme des Kaninchens

بعد صدایی خشمگین آمد .صدای خرگوش

"Pat, wo bist du?"

"پت، کجایی؟"

Und dann ertönte eine Stimme, die sie noch nie zuvor gehört hatte

و سپس صدایی آمد که قبلا هرگز نشنیده بود

"Euer Ehren, ich bin hier!"

"عالیجناب، من اینجا هستم"!

"Ich grabe nach Äpfeln"

"من دارم برای سیب حفاری می کنم"

»Hier! Komm und hilf mir da raus!"

»اینجا إبیا و به من کمک کن تا از این کار خارج شوم"!

»Nun sag mir, Pat, was ist das da im Fenster?«

"حالا به من بگو، پت، این چه چیزی در پنجره است؟"

"Sicher, Euer Ehren, ich werde es Ihnen sagen"

"مطمئنا، عالیجناب، من به شما خواهم گفت"

"Das ist ein Arm, der im Fenster steckt!"

"این بازویی است که در پنجره است"!

"Na ja, da hat ein Arm nichts zu suchen"

"خوب، یک بازو در آنجا کاری ندارد"

"Geh und nimm den Arm weg!"

»برو و بازو را بردار«!

Hierauf trat ein langes Schweigen ein

پس از این سکوت طولانی برقرار شد

und Alice konnte nur ab und zu ein Flüstern hören

و آلیس فقط می توانست هر از گاهی زمزمه ها را بشنود.

und endlich streckte sie die Hand wieder aus

و سرانجام دوباره دستش را دراز کرد

Und sie machte einen weiteren Sprung in die Luft

و او یک قاپ دیگر در هوا انجام داد

Diesmal gab es zwei kleine Schreie

این بار دو جیغ کوچک شنیده شد

und es gab noch mehr Geräusche von zerbrochenem Glas

و صدای شیشه های شکسته بیشتری شنیده می شد

"Ich möchte wohl wissen, was sie nun tun werden!" dachte Alice

"من تعجب می کنم که آنها بعد از آن چه خواهند کرد "!آلیس فکر کرد

"Ich wünschte, sie würden mich aus dem Fenster ziehen"

"ای کاش مرا از پنجره بیرون می کشیدند"

Sie wartete eine Weile

مدتی منتظر ماند

aber eine Weile hörte sie nichts mehr

اما برای مدتی او چیز دیگری نشنید

Endlich ertönte das Rumpeln kleiner Rädchen

سرانجام غرش چرخ های کوچک آمد

Und da ertönten viele Stimmen

و صدای صداهای زیادی آمد

Alle Stimmen sprachen miteinander

همه صداها با هم صحبت می کردند

Sie konnte einige der Worte verstehen

او می توانست برخی از کلمات را بفهمد

"Wo ist die andere Leiter?"

»نردبان دیگر کجاست؟«

"Bill hat die andere Leiter"

"بیل نردبان دیگر را دارد"

"Bill, komm her!"

!"بیل، بیا اینجا"

"Wird das Dach die Last tragen?"

"آیا سقف بار را تحمل می کند؟"

"Wer will schon den Schornstein hinuntergehen?"

"چه کسی می خواهد از دودکش پایین برود؟"

»Nein, das werde ich nicht! Du machst es!"

!"نه، من این کار را نمی کنم شما انجامش بده"»

»Hier, Bill!«

»بفرمایید، بیل«!

"Der Meister sagt, du musst in den Schornstein hinunter!"

»ارباب می گوید باید از دودکش پایین بیایی«!

Alice zog ihren Fuß so weit den Schornstein hinab, wie sie konnte

آلیس پایش را تا جایی که می توانست از دودکش پایین کشید

Und dann wartete sie, was kommen würde

و سپس منتظر ماند تا ببیند چه اتفاقی می افتد

Sie hörte ein kleines Tier kratzen und krabbeln

او صدای خراشیدن و تقلا حیوان کوچکی را شنید

Das Tierchen muss sich im Schornstein befinden

حیوان کوچک باید در دودکش باشد

dann gab sie einen scharfen Tritt

سپس او یک ضربه تند زد

Und sie wartete ab, was als nächstes geschehen würde

و منتظر ماند تا ببیند بعد چه اتفاقی می افتد

Sie hörte einen allgemeinen Chor von Stimmen

او یک گروه کر کلی از صداها را شنید

"Da geht Bill!", sagten alle

همه گفتند» :بیل می رود«!

Dann hörte sie allein die Stimme des Kaninchens

سپس صدای خرگوش را به تنهایی شنید

"Du an der Hecke, fang ihn!"

"تو کنار پرچین ، او را بگیرید"!

Es trat wieder ein Augenblick des Schweigens ein

یک لحظه دیگر سکوت برقرار شد

Und dann gab es wieder ein Stimmengewirr

و سپس سردرگمی دیگری از صداها ایجاد شد

"Halt seinen Kopf hoch, Brandy"

"سرش را بالا بگیر، برندی"

"Pass auf, dass du ihn nicht würgst"

"مراقب باشید او را خفه نکنید"

"Was ist mit dir passiert?"

"چه اتفاقی برای شما افتاد؟"

Zuletzt kam eine kleine, schwache, quietschende Stimme

آخرین بار صدای کمی ضعیف و جیرجیر آمد

"Nun, ich weiß es kaum mehr"

"خوب، من به سختی دیگر نمی دانم"

"Danke euch allen, mir geht es jetzt besser"

"از همه شما متشکرم، من الان بهتر هستم"

"Es gibt eine Sache, an die ich mich erinnern kann"

"یک چیز هست که می توانم به یاد بیاورم"

"Irgendetwas kommt auf mich zu wie ein Zug im Tunnel"

"چیزی مانند قطار در تونل به سمت من می آید"

"Und ich fliege hoch wie eine Rakete!"

"و من مانند یک موشک آسمانی پرواز می کنم"!

Es gab ein oder zwei Minuten des Schweigens

یکی دو دقیقه سکوت بود

Und dann fingen sie wieder an, sich zu bewegen

و سپس دوباره شروع به حرکت کردند

und Alice hörte das Kaninchen wieder sprechen

و آلیس دوباره صدای خرگوش را شنید

"Ein Karren voll reicht für den Anfang"

"یک باروفول این کار را انجام می دهد، برای شروع"

"Einen Karren voll wovon?" dachte Alice

"یک بارو از چی؟ "آلیس فکر کرد

Aber sie wurde nicht lange in Atem gehalten

اما او برای مدت طولانی در تعلیق نگه داشته نشد

Ein Regen von kleinen Kieselsteinen drang durch das
Fenster

بارانی از سنگریزه های کوچک از پنجره بیرون آمد

und einige der kleinen Kieselsteine trafen sie im Gesicht

و برخی از سنگریزه های کوچک به صورتش برخورد کردند

Alice wunderte sich über die kleinen Kieselsteine

آلیس از سنگریزه های کوچک شگفت زده شد

all die kleinen Kieselsteine verwandelten sich in Kuchen

همه سنگریزه های کوچک به کیک تبدیل می شدند

und eine glänzende Idee kam ihr in den Kopf

و یک ایده روشن به ذهنش رسید

"Einen von diesen Kuchen sollte ich essen"

"من باید یکی از این کیک ها را بخورم"

"Der Kuchen wird sicher etwas an meiner Größe ändern"

"کیک مطمئنا تغییراتی در اندازه من ایجاد می کند"

Also schluckte sie einen der Kuchen

بنابراین او یکی از کیک ها را قورت داد

und sie freute sich, als sie feststellte, dass sie anfing zu schrumpfen

و خوشحال شد که متوجه شد شروع به کوچک شدن کرده است

Bald war sie klein genug, um durch die Tür zu kommen

به زودی آنقدر کوچک شد که بتواند از در عبور کند

Sie rannte aus dem Haus

او از خانه بیرون دوید

Draußen wartete eine Menge kleiner Tiere und Vögel

جمعیتی از حیوانات و پرندگان کوچک بیرون منتظر بودند

alle kleinen Vögel und Tiere stürzten sich auf Alice

همه پرندگان و حیوانات کوچک به سمت آلیس هجوم آوردند

aber sie rannte davon, so schnell sie konnte

اما او تا جایی که می توانست سریع فرار کرد

und bald fand sie sich sicher in einem dichten Walde

و به زودی خود را در یک جنگل ضخیم در امان یافت

Alice irrte im Walde umher

آلیس در جنگل سرگردان بود

Und sie dachte bei sich:

و با خود فکر کرد:

"Ich weiß, was ich zuerst zu tun habe"

"من می دانم که اول باید چه کاری انجام دهم"

"erst muss ich wieder auf meine richtige Größe wachsen"

"ابتدا باید دوباره به اندازه مناسب خود رشد کنم"

"Und dann muss ich den Weg in diesen schönen Garten finden"

"و سپس باید راهم را به آن باغ دوست داشتنی پیدا کنم"

"Ich glaube, ich sollte irgendetwas essen oder trinken"

»فکر می کنم باید چیزی بخورم یا بنوشم«

"Aber die Frage ist, was soll ich essen oder trinken?"

»اما سوال این است که چه بخورم یا بنوشم؟«

Alice blickte sich um und betrachtete die Blumen

آلیس به اطراف خود نگاه کرد به گل ها

Und sie schaute durch die Grashalme hindurch

و از میان تیغه های علف نگاه کرد

aber sie konnte nichts zu essen und zu trinken sehen

اما او نمی توانست چیزی برای خوردن یا نوشیدن ببیند

Nichts sah nach dem Richtigen zum Essen oder Trinken aus

هیچ چیز برای خوردن یا نوشیدن درست به نظر نمی رسید

In ihrer Nähe wuchs ein großer Pilz

قارچ بزرگی در نزدیکی او رشد می کرد

der Pilz war ungefähr so groß wie Alice

قارچ تقریبا به اندازه ارتفاع آلیس بود

Sie streckte sich auf den Zehenspitzen auf

او خود را روی نوک انگشتان پا دراز کرد

Und sie guckte über den Rand des Pilzes

و از لبه قارچ نگاه کرد

Ihre Augen trafen sofort die Augen einer großen blauen
Raupe

چشمانش بلافاصله به چشمان یک کاترپیلار آبی بزرگ برخورد کرد

Die Raupe saß auf der Spitze des Pilzes

کاترپیلار بالای قارچ نشسته بود

und die Raupe hatte alle Arme gekreuzt

و کاترپیلار تمام بازوهایش را روی هم گذاشته بود

Und er rauchte leise eine lange Wasserpfeife

و او بی سر و صدا قلیان بلندی می کشید

und er nahm nicht die geringste Notiz von irgendetwas

و او کوچکترین توجهی به هیچ چیز نکرد

und er achtete gewiß nicht auf Alice

و او مطمئنا به آلیس توجه نکرد

Ratschläge von einer Raupe
مشاوره از یک کاترپیلار

Endlich nahm die Raupe die Shisha aus dem Maul
سرانجام کاترپیلار قلیان را از دهانش بیرون آورد

und er redete Alice mit einer trägen, schläfrigen Stimme an
و با صدایی سست و خواب آلود خطاب به آلیس گفت

"Wer bist du?" fragte die Raupe
کاترپیلار گفت» :تو کی هستی؟«

Alice antwortete etwas schüchtern: "Ich weiß es kaum, Sir."
آلیس با خجالت پاسخ داد» :به سختی می دانم، آقا«

"Gerade im Moment ist alles ein bisschen..."
"فقط در حال حاضر همه چیز کمی است..."

"Ich weiß, wer ich war, als ich heute Morgen aufgestanden bin."
"من می دانم که امروز صبح که از خواب بیدار شدم کی بودم"

"aber ich glaube, ich muss mich seitdem mehrmals verändert haben"
"اما فکر می کنم از آن زمان تاکنون باید چندین بار تغییر کرده باشم"

"Was meinst du damit?" sagte die Raupe
کاترپیلار گفت» :منظورت از این چیست؟«

Streng forderte die Raupe sie auf, sich zu erklären

کاترپیلار با جدیت از او خواست که خودش را توضیح دهد

»Ich kann mich nicht erklären, fürchte ich, Sir«, sagte Alice

»آلیس گفت: نمی توانم خودم را توضیح دهم، می ترسم آقا«

"weil ich nicht ich selbst bin"

"چون من خودم نیستم"

"Du siehst, es ist sehr verwirrend, so viele verschiedene
Größen an einem Tag zu haben"

"می بینید، اندازه های مختلف در یک روز بسیار گیج کننده است"

Sie raffte sich auf und sagte sehr ernst:

خودش را بالا کشید و با جدیت گفت:

"Ich denke, du solltest mir zuerst sagen, wer du bist"

»فکر می کنم اول باید به من بگویی که کی هستی«

"Warum?" fragte die Raupe

»کاترپیلار گفت: چرا؟«

Alice fiel kein guter Grund ein

آلیس نمی توانست دلیل خوبی پیدا کند

und die Raupe schien sich in einem sehr unangenehmen
Gemütszustand zu befinden

و به نظر می رسید که کاترپیلار در وضعیت روحی بسیار ناخوشایندی
قرار دارد

also wandte sie sich ab

پس او روی برگرداند

"Komm zurück!" rief ihr die Raupe nach

"برگرد!کاترپیلار او را صدا زد"

"Ich habe etwas Wichtiges zu sagen!"

"من چیز مهمی برای گفتن دارم"!

Alice drehte sich um und kam wieder zurück

آلیس برگشت و دوباره برگشت

"Behalte die Fassung!" sagte die Raupe

»کاترپیلار گفت: عصبانیت را حفظ کن«

»Ist das alles?« fragte Alice

»آلیس گفت: همین؟«

und sie schluckte ihren Zorn hinunter, so gut sie konnte

و خشم خود را تا جایی که می توانست قورت داد

"Nein!" sagte die Raupe

كاترپيلار گفت» :نه«

Die Raupe breitete ihre Arme aus

كاترپيلار بازوهايش را باز كرد

Und er nahm die Shisha wieder aus dem Mund

و دوباره قليان را از دهانش بيرون آورد

Und er sagte: "Du glaubst also, du bist verändert, oder?"

و او گفت،" پس شما فكر مى كنيد كه تغيير كرده ايد، درست است؟"

»Ich fürchte, ich bin verändert, Sir,« sagte Alice

آليس گفت» :مى ترسم، من تغيير كرده ام، آقا«

"Ich kann mich nicht mehr so an Dinge erinnern, wie ich sie
früher in Erinnerung hatte"

"من نمى توانم چيزهايى را همانطور كه قبلا به ياد مى آوردم به ياد
بياورم"

"Und ich bleibe nicht länger als zehn Minuten gleich groß!"

"و من بيش از ده دقيقه در همان اندازه نمى مانم"!

"Wie groß willst du sein?" fragte die Raupe

"مى خواهيد چه اندازه اى باشيد؟ "كاترپيلار پرسيد.

»Oh, es ist mir nicht besonders wichtig, wie groß ich bin«,
erwiderte Alice hastig

آليس با عجله پاسخ داد» :اوه، من خيلى مهم نيستم كه چه اندازه اى هستم

"Ich mag es einfach nicht, so oft die Größe zu wechseln,
weißt du"

"من فقط دوست ندارم اندازه را زياد تغيير دهم، مى دانيد"

"Ich würde gerne etwas größer sein, Sir"

»دوست دارم كمى بزرگتر باشم، آقا«

»wenn es dir nichts ausmacht,« fügte Alice hinzu

آليس اضافه كرد» :اگر اشكالى ندارد

"Zehn Zentimeter sind so eine erbärmliche Größe"

"ده سانتى متر چنين ارتفاع بدبختى است"

"Das ist wirklich eine sehr gute Höhe!" sagte die Raupe
ärgerlich

»واقعا ارتفاع بسيار خوبى است «!كاترپيلار با عصبانيت گفت

und er richtete sich auf, während er sprach

و او در حالى كه صحبت مى كرد خود را راست پرورش داد

Er war genau zehn Zentimeter groß

او دقيقا ده سانتى متر قد داشت

In ein oder zwei Minuten war die Raupe vom Pilz

heruntergekommen

در عرض یکی دو دقیقه، کاترپیلار از قارچ پایین آمد

und er kroch ins Gras

و او به داخل چمن ها خزید

Als er sich entfernte, machte er einige kleine Bemerkungen

همانطور که می رفت، اظهارات کوچکی کرد

"Eine Seite lässt dich größer werden"

"یک طرف شما را بلندتر می کند"

"Und die andere Seite wird dich kleiner werden lassen"

"و طرف دیگر شما را کوتاه تر می کند"

"Eine Seite wovon?" dachte Alice bei sich

"یک طرف چی؟ "آلیس با خود فکر کرد

"Die andere Seite von was?"

»طرف دیگر چی؟«

"Die Seite des Pilzes!" sagte die Raupe

"کاترپیلار گفت: "کنار قارچ

Es war, als hätte sie ihre Frage laut gestellt

انگار سؤالش را با صدای بلند پرسیده بود

und im nächsten Augenblick war er außer Sichtweite

و در لحظه ای دیگر، او از دید خارج شد

Alice blieb stehen und betrachtete den Pilz nachdenklich

آلیس همچنان متفکرانه به قارچ نگاه می کرد

Sie versuchte herauszufinden, welche die beiden Seiten des
Pilzes waren

او سعی می کرد بفهمد دو طرف قارچ کدام است

Endlich streckte sie ihre Arme um den Pilz

بالاخره دستانش را دور قارچ دراز کرد

und sie brach ein Stück der Ränder ab

و او کمی از لبه ها را قطع کرد

»Und nun, welche Seite ist welche?« fragte sie sich

»و حالا، کدام طرف است؟ «با خودش گفت

und sie knabberte ein wenig von dem Stück der rechten
Hand

و کمی از دست راست را گاز گرفت

Im nächsten Augenblick spürte sie einen heftigen Schlag
unter ihrem Kinn

لحظه بعد ضربه شدیدی را زیر چانه اش احساس کرد

Ihr Kinn hatte ihren Fuß getroffen!

چانه اش به پایش برخورد کرده بود!

Sie war sehr erschrocken über diese sehr plötzliche
Veränderung

او از این تغییر ناگهانی بسیار ترسیده بود

Sie schrumpfte sehr schnell

او خیلی سریع کوچک می شد

Also aß sie schnell etwas von dem anderen Stück Pilz

بنابراین او به سرعت مقداری از قارچ دیگر را خورد

Ihr Kinn war sehr eng gegen ihren Fuß gepresst

چانه اش خیلی محکم به پایش فشار داده شده بود

Es war kaum Platz, um den Mund aufzumachen

به سختی جایی برای باز کردن دهانش وجود داشت

aber schließlich gelang es ihr, den Mund aufzumachen

اما بالاخره موفق شد دهانش را باز کند

und sie schluckte einen Bissen von dem linken Stück

و لقمه ای از تکه دست چپ را قورت داد

»mein Kopf ist endlich frei!« sagte Alice

آلیس گفت» :سرم بالاخره آزاد شد«!

Sie blickte an sich herunter

او به خودش نگاه کرد

aber alles, was sie sehen konnte, war ein ungeheurer Hals

اما تنها چیزی که می توانست ببیند طول بسیار زیاد گردن بود

Ihr Hals schien sich wie ein Stiel zu erheben

به نظر می رسید گردنش مانند ساقه بالا می رود

Und sie blickte auf ein Meer von grünen Blättern hinab

و به دریایی از برگ های سبز نگاه کرد

"Wo sind meine Schultern geblieben?"

"شانه هایم به کجا رسیده اند؟"

»Und ach, meine armen Hände, wie kommt es, daß ich euch
nicht sehen kann?«

»و اوه، دستان بیچاره من، چطور است که نمی توانم تو را ببینم؟«

Aber ihr Hals hatte einen Vorteil

اما گردن او یک فایده داشت

Sie konnte ihren Kopf in jede Richtung bewegen

او می توانست سرش را به هر سمتی حرکت دهد

Tatsächlich war sie wie eine Schlange

در واقع، او درست مانند مار بود

Sie senkte anmutig ihren Kopf im Zickzack

او با ظرافت سرش را زیگزاگ کرد

Und sie bewegte ihren Kopf durch die Bäume

و سرش را از میان درختان حرکت داد

Aber dann hörte sie ein scharfes Zischen

اما بعد صدای خش خش تندی شنید

Und sie zog schnell den Kopf zurück

و او به سرعت سرش را به عقب کشید

Eine große Taube war ihr ins Gesicht geflogen

یک کبوتر بزرگ به صورتش پرواز کرده بود

und die Taube fuhr mit den Flügeln heftig zusammen

و کبوتر با بال هایش به شدت بود

»Schlange!« rief die Taube

کبوتر فریاد زد» :مار«!

"Ich bin keine Schlange!" sagte Alice entrüstet

آلیس با عصبانیت گفت» :من مار نیستم«!

"Laß mich in Ruhe!"

"مرا تنها بگذار"!

"Ich habe die Wurzeln von Bäumen ausprobiert"

"من ریشه درختان را امتحان کرده ام"

"Und ich habe es mit Hecken versucht", fuhr die Taube fort

کبوتر ادامه داد» :و من پرچین ها را امتحان کرده ام«

»Aber diese Schlangen! Man kann es ihnen nicht recht machen!"

»اما آن مارها !هیچ خشنود آنها نیست«!

Alice war immer verwirrter

آلیس بیشتر و بیشتر گیج شد

"Als ob es nicht schon Mühe genug wäre, die Eier auszubrüten!" sagte die Taube

کبوتر گفت» :انگار جوجه ریزی تخم ها به اندازه کافی مشکل نداشت

"Tag und Nacht muss ich mich auch vor Schlangen in Acht nehmen!"

»شب و روز هم باید مراقب مارها باشم«!

"Ich hatte gerade den höchsten Baum im Wald gefunden"

"من به تازگی بلندترین درخت جنگل را پیدا کرده بودم"

"Wäre ich hier sicher frei von Schlangen?"

»مطمئنا اینجا از مار ها آزاد خواهم شد؟«

"Und heraus kommt eine Schlange vom Himmel!"

"و ماری از آسمان بیرون می آید"!

"Aber ich bin keine Schlange, sage ich dir!" sagte Alice

آلیس گفت» :اما من مار نیستم، به شما می گویم«!

"Ich bin ein... Ich bin ein... Ich bin ein kleines Mädchen«, fügte sie etwas zweifelnd hinzu

"من ...من یک ... من یک دختر کوچک هستم «.او با تردید اضافه کرد

Schließlich hatte sie viele Veränderungen durchgemacht

بالاخره او تغییرات زیادی را پشت سر گذاشته بود

"Du suchst Eier!" sagte die Taube

کبوتر گفت» :تو به دنبال تخم مرغ هستی

"Das weiß ich mit Sicherheit"

"من این را به عنوان یک واقعیت می دانم"

"Und was macht es aus, ob du ein kleines Mädchen oder eine Schlange bist?"

»و چه فرقی می کند که دختر بچه ای باشی یا مار؟«

»Es liegt mir sehr viel daran,« sagte Alice hastig

آلیس با عجله گفت» :برای من خیلی مهم است

"Aber ich bin nicht auf der Suche nach Eiern, wie es der

Zufall will"

"اما من به دنبال تخم مرغ نیستم، همانطور که اتفاق می افتد"

"Und ich würde deine Eier sowieso nicht wollen"

"و به هر حال من تخم مرغ های شما را نمی خواهم"

"Ich mag meine Eier nicht roh"

"من تخم مرغ هایم را خام دوست ندارم"

»Nun, dann fort!« sagte die Taube in mürrischem Tone

»خوب، پس برو «اکبوتر با لحنی عبوس گفت

und die Taube ließ sich wieder in ihrem Nest nieder

و کبوتر دوباره در لانه اش مستقر شد

Alice kauerte sich zwischen die Bäume, so gut sie konnte

آلیس تا جایی که می توانست در میان درختان خم شد

Ihr Hals verfing sich immer wieder zwischen den Ästen

گردنش مدام بین شاخه ها گره می خورد

Hin und wieder musste sie anhalten und ihren Hals
aufdrehen

هر از چند گاهی مجبور بود بایستد و گردنش را باز کند

Nach einer Weile erinnerte sie sich an den Pilz

بعد از مدتی قارچ را به یاد آورد

Sie hielt die Pilzstücke noch immer in ihren Händen

او هنوز تکه های قارچ را در دستانش نگه داشته بود

Und sie machte sich sehr vorsichtig an die Arbeit

و او شروع به کار کرد با دقت

Zuerst knabberte sie an einem Stück

ابتدا او یک تکه را گاز گرفت

Und dann knabberte sie an dem anderen Stück

و سپس قطعه دیگر را گاز گرفت

Manchmal wurde sie größer

گاهی بلندتر می شد

und manchmal wurde sie kleiner

و گاهی کوتاه تر می شد

Aber schließlich erreichte sie ihre übliche Größe

اما سرانجام به قد معمول خود رسید

Sie war schon seit einiger Zeit nicht mehr so groß wie sie
selbst

مدتی بود که قد خودش نبود

So fühlte sich alles eine Zeit lang seltsam an

بنابراین برای مدتی همه چیز عجیب به نظر می رسید

"Das nächste, was zu tun ist, ist, in diesen schönen Garten zu gehen"

"کار بعدی این است که وارد آن باغ زیبا شوید"

»wie soll man das machen?«

»تعجب می کنم که چگونه باید این کار را انجام داد؟«

Während sie dies sagte, stieß sie auf einen offenen Platz

همانطور که این را می گفت، به یک مکان باز برخورد کرد

Da war ein kleines Haus, etwas höher als einen Meter

خانه کوچکی بود، کمی بالاتر از یک متر

"Ich frage mich, wer in diesem kleinen Haus wohnt"

"من تعجب می کنم که چه کسی در این خانه کوچک زندگی می کند"

"So groß wie ich bin, kann ich sicher nicht reingehen"

"من مطمئنا نمی توانم به بزرگی خودم وارد شوم"

"Ich würde sie fürchterlich erschrecken!"

"من آنها را به طرز وحشتناکی می ترساندم"!

Also knabberte sie wieder an dem kleinen Pilz

بنابراین او دوباره قارچ کوچک را گاز گرفت

Und bald brachte sie sich dreißig Zentimeter tief

و به زودی خودش را سی سانتی متر پایین آورد

Ein Schwein und etwas Pfeffer
یک خوک و مقداری فلفل

Ein oder zwei Minuten lang stand sie da und betrachtete das Haus

یکی دو دقیقه ایستاد و به خانه نگاه کرد

Plötzlich kam ein Lakai aus dem Walde gerannt

ناگهان یک پیاده دوان از جنگل بیرون آمد

Er trug eine spezielle Livree-Uniform

او لباس لباس مخصوص پوشیده بود

Seinem Gesicht nach zu urteilen, hätte sie ihn einen Fisch genannt

فقط با قضاوت بر اساس چهره او، او را ماهی صدا می کرد

und er klopfte laut mit den Fingerknöcheln an die Tür

و با انگشتانش با صدای بلند به در ضربه زد

Die Tür wurde von einem anderen Lakaien geöffnet

در توسط پیاده دیگری باز شد

Auch dieser Lakai trug eine besondere Livree

این پیاده نیز لباس خاصی پوشیده بود

Dieser Lakai hatte ein rundes Gesicht und große Augen wie ein Frosch

این پیاده صورت گرد و چشمان درشت مانند قورباغه داشت

Der Lakai, der wie ein Fisch aussah, leitete die Zeremonie ein

پیاده ای که شبیه ماهی بود مراسم را آغاز کرد

Er zog etwas unter seinem Arm hervor

او چیزی را از زیر بغلش بیرون آورد

Und er zog unter seinem Arm einen Umschlag hervor

و پاکتی را از زیر بغلش بیرون آورد

und diesen Umschlag übergab er dem andern Lakaien

و این پاکت را به پیاده دیگر داد

In zeremoniellem Tone teilte er ihm die Befehle mit

با لحنی تشریفاتی دستورات را به او گفت

"Diese Botschaft ist für die Herzogin"

"این پیام برای دوشس است"

"Eine Einladung der Königin zum Krocketspielen"

"دعوتی از ملکه برای بازی کروکت"

Der Lakai, der wie ein Frosch aussah, wiederholte den Befehl

پیاده ای که شبیه قورباغه بود دستور را تکرار کرد

"Von der Königin"

"از ملکه"

"Eine Einladung"

"یک دعوت"

"für die Herzogin"

"برای دوشس"

"Krocket spielen"

"بازی کروکت"

Dann verbeugten sie sich beide tief

سپس هر دو تعظیم کردند

und die Locken in ihren Perücken verwickelten sich ineinander

و فرهای کلاه گیس هایشان به هم گره خورد

Bald war der Lakai, der wie ein Fisch aussah, verschwunden

به زودی پیاده ای که شبیه ماهی بود از بین رفت

Aber der Lakai, der wie ein Frosch aussah, war immer noch da

اما پیاده ای که شبیه قورباغه بود هنوز آنجا بود

Er saß auf dem Boden in der Nähe der Tür

او روی زمین نزدیک در نشسته بود

Er starrte dumm in den Himmel

او احمقانه به آسمان خیره شده بود

Alice ging schüchtern zur Tür und klopfte

آلیس با ترس به سمت در رفت و در زد

»Es hat keinen Zweck, anzuklopfen,« sagte der Lakai

پیاده گفت» :در زدن فایده ای ندارد

"Und das aus zwei Gründen"

"و این به دو دلیل است"

"Erstens, weil ich auf der gleichen Seite der Tür stehe wie du"

"اول، چون من در همان طرف در هستم که شما هستید"

"Zweitens, weil sie drinnen so viel Lärm machen"

"ثانیا، به این دلیل که آنها در داخل سر و صدای زیادی ایجاد می کنند"

"Niemand könnte dich hören"

"هیچ نمی تواند صدای شما را بشنود"

Und es war gewiß ein höchst merkwürdiger Lärm im Innern

و مطمئنا سر و صدای فوق العاده ای در درون وجود داشت

ein ständiges Heulen und Niesen

زوزه و عطسه مداوم

und ab und zu ein Geräusch von großem Krachen

و هر از گاهی صدای تصادف بزرگ

als ob eine Schüssel oder ein Wasserkocher in Stücke zerbrochen wäre

گویی ظرف یا کتری تکه تکه شده است

"Wie soll ich da reinkommen?" fragte Alice

آلیس پرسید» :چطور وارد شوم؟«

»Wollen Sie überhaupt hineinkommen?« fragte der Lakai

پیاده گفت» :اصلا باید سوار شوید؟«

"Das ist die erste Frage, weißt du"

"این اولین سوال است، می دانید"

Alice öffnete die Tür und trat ein

آلیس در را باز کرد و وارد شد

Die Tür führte direkt in eine große Küche

در درست به یک آشپزخانه بزرگ منتهی می شد

Die Küche war von einem Ende bis zum anderen voller Rauch

آشپزخانه از یک سر تا سر دیگر پر از دود بود

in der Mitte der Küche saß die Herzogin

در وسط آشپزخانه دوشس بود

Sie saß auf einem dreibeinigen Hocker

او روی چهارپایه سه پا نشسته بود

und sie stillte ein Baby

و او به یک نوزاد شیر می داد

Die Köchin beugte sich über das Feuer

آشپز روی آتش تکیه داده بود

Er rührte einen großen Kessel

او یک کالدرون بزرگ را تکان می داد

und der Kessel schien mit Suppe gefüllt zu sein

و به نظر می رسید کالدرون پر از سوپ است

"Da ist sicher zu viel Pfeffer drin!" sagte Alice zu sich selbst

"مطمئنا فلفل زیادی در آن سوپ وجود دارد "!آلیس با خودش گفت

Sie sagte es, so gut sie konnte, ohne zu niesen

او این را به بهترین شکل ممکن بدون عطسه گفت

Sogar die Herzogin nieste gelegentlich

حتی دوشس نیز گهگاه عطسه می کرد

Aber die Handlungen des Babys waren am bemerkenswertesten

اما اقدامات نوزاد قابل توجه ترین بود

Das Baby nieste und heulte abwechselnd

نوزاد به طور متناوب عطسه می کرد و زوزه می کشید

Es gab keinen Augenblick Pause zwischen Heulen und Niesen

لحظه ای مکث بین زوزه کشیدن و عطسه وجود نداشت

Es gab zwei Kreaturen in der Küche, die nicht niesten

دو موجود در آشپزخانه بودند که عطسه نمی کردند

Die Köchin war zu beschäftigt, um zu niesen

آشپز آنقدر شلوغ بود که نمی توانست عطسه کند

Und die große Katze schien sich nicht an dem Pfeffer zu stören

و به نظر می رسید که گربه بزرگ به فلفل اهمیتی نمی دهد

Stattdessen grinste die große Katze von einem Ohr zum anderen

در عوض، گربه بزرگ از گوش به گوش پوزخند می زد

»Bitte, würdest du es mir sagen,« sagte Alice ein wenig
schüchtern

آلیس کمی ترسو گفت» :لطفا به من بگویید

"Warum grinst deine Katze so?"

"چرا گربه شما اینطور لبخند می زند؟"

»Es ist eine Cheshire-Katze,« sagte die Herzogin

دوشس گفت" :این یک گربه چشایر است

"Und deshalb grinst er von Ohr zu Ohr"

"و به همین دلیل است که او از گوش به گوش لبخند می زند"

"Ich wusste nicht, dass eine Cheshire-Katze immer grinst"

"من نمی دانستم که یک گربه چشایر همیشه پوزخند می زند"

"Eigentlich wusste ich nicht, dass Katzen grinsen können",
sagte Alice

آلیس گفت" :در واقع، من نمی دانستم که گربه ها می توانند پوزخند بزنند

»Es gibt vieles, was Sie nicht wissen,« sagte die Herzogin

دوشس گفت" :چیزهای زیادی وجود دارد که شما نمی دانید"

"Es gibt vieles, was man nicht weiß, und das ist eine
Tatsache"

"چیزهای زیادی وجود دارد که شما نمی دانید و این یک واقعیت است"

In diesem Augenblick nahm die Köchin den Kessel mit der
Suppe vom Feuer

درست در همان لحظه آشپز کالدرون سوپ را از روی آتش برداشت.

Und sogleich fing sie an, alles in ihre Reichweite zu werfen

و بلافاصله شروع به پرتاب همه چیز در دستش کرد

sie warf alles, was sie konnte, auf die Herzogin und das
Baby

او هر چه می توانست به سمت دوشس و نوزاد پرتاب کرد

Zuerst warf sie die Feuereisen

ابتدا آهن های آتش را پرتاب کرد

Dann warf sie eine Handvoll Töpfe

سپس یک مشت قابلمه پرتاب کرد

und schließlich warf sie die Teller und Schüsseln

و بالاخره بشقاب ها و ظروف را پرت کرد

Die Herzogin nahm keine Notiz von ihr

دوشس توجهی به او نکرد

Selbst als sie von einem Teller getroffen wurde, machte sie
sich keine Sorgen

حتی زمانی که بشقاب به او برخورد می کرد، نگران نبود

Das Baby heulte schon so viel

بچه قبلا خیلی زوزه می کشید

Es war also unmöglich zu sagen, ob die Schläge das Baby
verletzt haben oder nicht

بنابراین نمی توان گفت که آیا ضربات به نوزاد آسیب می رساند یا نه

"Oh, gib bitte acht, was du tust!" rief Alice

آلیس فریاد زد» :اوه، لطفا مراقب باشید چه کاری انجام می دهید«!

und sie sprang in Todesangst des Entsetzens auf und ab

و او با عذاب وحشت بالا و پایین پرید

die Herzogin bot Alice das Baby an

دوشس نوزاد را به آلیس پیشنهاد کرد

»Hier! Du kannst das Kind ein wenig stillen, wenn du
willst!«

»اینجا !اگر دوست دارید می توانید کمی از بچه شیر بدهید«!

Und sie schleuderte das Kind nach ihr, während sie sprach

و در حالی که صحبت می کرد نوزاد را به سمت او پرت کرد

"Ich muss gehen und mich darauf vorbereiten, mit der
Königin Krocket zu spielen"

"من باید بروم و برای بازی کروکت با ملکه آماده شوم"

und sie eilte aus dem Zimmer

و او با عجله از اتاق بیرون رفت

Alice fing das Baby mit einiger Mühe auf

آلیس نوزاد را با کمی مشکل گرفت

weil es ein sehr seltsam geformtes kleines Wesen war

زیرا موجودی کوچک بسیار عجیب و غریب بود

Und das Kind streckte seine Arme und Beine nach allen
Richtungen aus

و نوزاد دست ها و پاهایش را از همه جهات دراز کرد

"Das Kind nehme ich lieber mit!" dachte Alice

آلیس فکر کرد» :بهتر است این بچه را با خودم ببرم«

"Sie werden dieses Baby sicher in ein oder zwei Tagen
töten"

"آنها مطمئنا این نوزاد را در یک یا دو روز می کشند"

"Wäre es nicht Mord, dieses Baby zurückzulassen?"

"آیا این قتل نیست که این بچه را پشت سر بگذاریم؟"

Sie sprach die letzten Worte laut aus

او آخرین کلمات را با صدای بلند گفت

Und das kleine Ding grunzte als Antwort

و چیز کوچک در پاسخ غرغر کرد

"Du verwandelst dich am besten nicht in ein Schwein,
meine Liebe!" sagte Alice

آلیس گفت» :بهتر است خوک نشی، عزیزم«

"sonst habe ich nichts mehr mit dir zu tun"

"وگرنه دیگر کاری با تو نخواهم داشت"

Alice fing eben an, bei sich selbst zu denken:

آلیس تازه شروع به فکر کردن با خودش کرده بود:

»Nun, was soll ich mit diesem Geschöpf anfangen, wenn ich
es nach Hause bringe?«

»حالا، وقتی به خانه می برم، با این موجود چه کار کنم؟«

Aber dann grunzte das kleine Geschöpf ein wenig heftig

اما بعد موجود کوچک کمی با خشونت غرغر کرد

und Alice sah ihm erschrocken ins Gesicht

و آلیس با کمی هشدار به صورتش نگاه کرد

Diesmal konnte es keinen Irrtum geben

این بار هیچ اشتباهی در مورد آن وجود نداشت

Es war nicht mehr und nicht weniger als ein Schwein

نه بیشتر بود و نه کمتر از یک خوک

Da setzte sie das kleine Geschöpf ab

بنابراین او موجود کوچک را زمین گذاشت

und das kleine Geschöpf trabte leise in den Wald hinein

و موجود کوچک بی سر و صدا به داخل جنگل می رود

Alice war ziemlich erleichtert, als sie die Kreatur
verschwinden sah

آلیس از دیدن رفتن این موجود کاملا احساس راحتی کرد

Alice erschrak ein wenig, als sie die Cheshire-Katze sah

آلیس با دیدن گربه چشایر کمی مبهوت شد

Er saß auf einem Ast eines Baumes, ein paar Meter entfernt

چند یارد دورتر روی شاخه ای از درختی نشسته بود

Die Katze grinste nur, als sie sie sah

گربه فقط وقتی او را دید پوزخند زد

»Cheshire-Katze,« begann Alice etwas schüchtern

آلیس با ترس شروع کرد» :گربه چشایر«

»Würden Sie mir bitte sagen, welchen Weg ich von hier aus

einschlagen soll?«

»لطفا به من بگویید که از اینجا به کدام سمت باید بروم؟«

"In diese Richtung", sagte die Katze

"در آن جهت" :گفت گربه"

Und er fuchtelte mit der rechten Pfote herum

و پنجه سمت راست را به اطراف تکان داد

"In dieser Richtung lebt ein Hutmacher"

"در آن جهت یک سازنده کلاه زندگی می کند"

Und dann winkte die Katze mit der anderen Pfote

و سپس گربه پنجه دیگرش را تکان داد

"Und in dieser Richtung wohnt ein Märzhase"

"و در آن جهت یک خرگوش مارس زندگی می کند"

»Besuchen Sie, wen Sie wollen; Sie sind beide verrückt"

"هر کدام را دوست دارید ملاقات کنید. هر دو دیوانه هستند"

»Aber ich will nicht unter Verrückte gehen«, bemerkte Alice

آلیس اظهار داشت» :اما من نمی خواهم به میان آدم های دیوانه بروم«

"Ach, dafür kannst du nicht helfen!" sagte die Katze

گربه گفت» :اوه، شما نمی توانید جلوی آن را بگیرید"

"Wir sind alle verrückt hier"

"همه ما اینجا عصبانی هستیم"

"Spielst du heute Krocket mit der Queen?"

"آیا امروز با ملکه کروکت بازی می کنی؟"

"Das würde ich sehr gerne!" sagte Alice

آلیس گفت» :خیلی دوست دارم«

"aber ich bin noch nicht eingeladen worden"

"اما من هنوز دعوت نشده ام"

"Du wirst mich dort sehen!" sagte die Katze

گربه گفت» :مرا آنجا خواهی دید

Und von einem Augenblick auf den anderen verschwand
die Katze

و از یک لحظه به لحظه دیگر گربه ناپدید شد

bald kam Alice in Sichtweite des Hauses des Märzhasen

به زودی آلیس به خانه خرگوش راهپیمایی رسید

Das war ein sehr großes Haus

این خانه بسیار بزرگی بود

Alice wollte also nicht in die Nähe des Hauses gehen

بنابراین آلیس نمی خواست به خانه نزدیک شود

Zuerst musste sie noch etwas von dem linken Stück Pilz
knabbern

ابتدا او مجبور شد مقداری بیشتر از قارچ سمت چپ را گاز بگیرد

Eine verrückte Teeparty

یک مهمانی چای دیوانه

Vor dem Haus stand ein Baum

جلوی خانه درختی بود

Und unter dem Baum stand ein Tisch

و زیر درخت یک میز بود

und der Tisch war mit allerlei Besteck gedeckt

و میز با انواع کارد و چنگال چیده شده بود

Der Märzhase und der Hutmacher saßen bei Tisch

خرگوش مارس و کلاه ساز پشت میز بودند

und zusammen tranken sie Tee

و با هم در حال نوشیدن چای بودند

Ein Siebenschläfer saß zwischen ihnen

یک موش در بین آنها نشسته بود

und der Siebenschläfer schlief fest

و موش بزرگ به خواب رفته بود

Der Tisch war von außergewöhnlicher Größe

میز از اندازه فوق العاده ای برخوردار بود

Aber der größte Teil des Tisches war unbesetzt

اما بیشتر میز خالی بود

Sie saßen dicht gedrängt an einer Ecke des Tisches

آنها در گوشه ای از میز با هم شلوغ نشستند

und doch entschuldigten sie sich, als sie Alice sahen

و با این حال با دیدن آلیس بهانه آوردند

»Kein Platz! Kein Platz!« schrien sie

»جا نیست! جا نیست!«آنها فریاد زدند

»Es ist viel Platz!« sagte Alice entrüstet

آلیس با عصبانیت گفت» :فضای زیادی وجود دارد«!

An einem Ende des Tisches stand ein großer Sessel

در یک انتهای میز یک صندلی راحتی بزرگ قرار داشت

und Alice setzte sich in den Sessel

و آلیس خودش روی صندلی راحتی نشست

Der Hutmacher riss die Augen weit auf

کلاه ساز چشمانش را بسیار باز کرد

Er konnte nicht glauben, was er da sah

او نمی توانست آنچه را که می دید باور کند

aber sein Geist war neugierig auf andere Dinge

اما ذهنش در مورد چیز های دیگر کنجکاو بود

»Warum ist ein Rabe wie ein Schreibtisch?«

»چرا کلاغ مانند میز تحریر است؟«

Alice war offen für die Herausforderung

آلیس برای این چالش باز بود

"Ich bin froh, dass sie angefangen haben, Rätsel zu stellen"

"خوشحالم که آنها شروع به پرسیدن معما کرده اند"

»Ich glaube, das kann ich erraten«, fügte sie laut hinzu

او با صدای بلند اضافه کرد" :من معتقدم که می توانم حدس بزنم

Der Märzhase wurde neugierig auf Alice

خرگوش راهپیمایی در مورد آلیس کنجکاو شد

"Glaubst du wirklich, dass du die Antwort finden kannst?"

"آیا واقعا فکر می کنی می توانی جواب را پیدا کنی؟"

»Ich glaube, ich kann die Antwort finden,« sagte Alice

آلیس گفت» :فکر می کنم واقعا می توانم پاسخ را پیدا کنم

»Dann sollst du sagen, was du meinst,« fuhr der Märzhase
fort

خرگوش راهپیمایی ادامه داد» :پس باید منظورت را بگویی«

»Ich sage, was ich meine,« erwiderte Alice hastig

آلیس با عجله پاسخ داد» :منظورم را می گویم

"Zumindest meine ich ernst, was ich sage"

"حداقل منظورم همان چیزی است که می گویم"

"Das ist dasselbe, weißt du"

"این همان چیز است، می دانید"

Auch der Siebenschläfer trug zu dem Gespräch bei

دورموس نیز به مکالمه کمک کرد

Aber der Siebenschläfer schien im Schlaf zu sprechen

اما به نظر می رسید که موش در خواب صحبت می کند

"Ich atme, wenn ich schlafe"

"وقتی می خوابم نفس می کشم"

"Ich schlafe, wenn ich atme!"

"وقتی نفس می کشم می خوابم"!

"Man könnte genauso gut sagen, dass sie auch gleich sind"

"شما هم می توانید بگویید که آنها هم همینطور هستند"

"So ist es auch bei dir!" sagte der Hutmacher

کلاه ساز گفت» :در مورد شما هم همینطور است

und er goß ein wenig Tee über die Nase des Siebenschläfers

و کمی چای روی بینی خوابگاه ریخت

Das Murmelthier schüttelte ungeduldig den Kopf

موش بی صبرانه سرش را تکان داد

Und wieder sprach das Murmelmaus, ohne die Augen zu öffnen

و دوباره موش پشتی بدون اینکه چشمانش را باز کند صحبت کرد

"Natürlich, natürlich ist es dasselbe"

"البته، البته که همینطور است"

"Das wollte ich ja auch sagen"

"این دقیقا همان چیزی است که من خودم می خواستم بگویم"

Der Hutmacher wandte sich an Alice und stellte eine weitere Frage

کلاه ساز رو به آلیس کرد و سوال دیگری پرسید

"Hast du das Rätsel schon erraten?"

»هنوز معما را حدس زده ای؟«

"Nein, ich gebe auf", gab Alice zu

»آلیس اذعان کرد: نه، تسلیم می شوم«

"Was ist die Antwort?", wollte sie wissen

"پاسخ چیست؟ "او می خواست بداند

»Ich habe nicht die geringste Ahnung,« sagte der Hutmacher

"کلاه ساز گفت: من کوچکترین ایده ای ندارم

"Ich weiß es auch nicht!" sagte der Märzhase

»خرگوش راهپیمایی گفت: من هم نمی دانم«

Alice stieß einen müden Seufzer aus

آلیس آهی خسته کرد

"Es gibt eine bessere Nutzung der Zeit als Rätsel ohne Antworten"

"استفاده بهتر از زمان از معماهای بدون پاسخ وجود دارد"

»Trinken Sie noch etwas Tee,« sagte der Märzhase sehr ernst zu Alice

خرگوش راهپیمایی با جدیت به آلیس گفت» :کمی چای دیگر بخور

Alice war ziemlich beleidigt über das Angebot

آلیس از این پیشنهاد کاملا آزرده شد

»Ich habe noch keinen Tee getrunken,« erwiderte Alice

آلیس پاسخ داد» :من هنوز چای نخورده ام

"Deshalb kann ich keinen Tee mehr trinken"

"بنابراین دیگر نمی توانم چای بخورم"

»Du meinst, weniger Tee kannst du nicht haben«, sagte der Hutmacher

»کلاه ساز گفت: منظورت این است که نمی توانی چای کمتری بنوشی«

"Es ist sehr einfach, mehr als nichts zu nehmen"

"گرفتن بیش از هیچ بسیار آسان است"

Bei diesen Worten erhob sich Alice und ging fort

در این حالت، آلیس بلند شد و رفت

Der Siebenschläfer schlief augenblicklich ein

موش دوری فورا به خواب رفت

und keiner der andern nahm die geringste Notiz davon, daß

sie ging

و هیچ یک از دیگران کوچکترین توجهی به رفتن او نکردند

obwohl sie ein- oder zweimal zurückblickte

گرچه یکی دو بار به عقب نگاه کرد

Sie versuchten, den Siebenschläfer in die Teekanne zu
stecken

آنها سعی می کردند موش را در قوری چای بگذارند

"Jedenfalls werde ich nie wieder dorthin gehen!" sagte Alice

آلیس گفت» :به هر حال، دیگر هرگز به آنجا نخواهم رفت«!

Und sie ging ihren Weg durch den Wald

و او راه خود را از میان جنگل عبور کرد

"Das war die dümmste Teeparty, auf der ich je war"

"این احمقانه ترین مهمانی چای بود که تا به حال در آن شرکت کرده ام"

Gerade als sie das sagte, bemerkte sie etwas

درست همانطور که این را گفت، متوجه چیزی شد

Einer der Bäume hatte eine Tür, die direkt hineinführte

یکی از درختان دری داشت که مستقیما به آن منتهی می شد

»Das ist sehr interessant!« dachte sie

"این خیلی جالب است "!او فکر کرد

"Ich denke, ich kann genauso gut durch die Tür gehen"

"فکر می کنم بهتر است از در عبور کنم"

Und durch die Tür ging sie

و از در رفت

Wieder befand sie sich in der langen Halle

یک بار دیگر خود را در سالن طولانی یافت

Wieder stand sie dicht an dem kleinen Glastisch

دوباره به میز شیشه ای کوچک نزدیک شد

Sie nahm den kleinen goldenen Schlüssel

او کلید طلایی کوچک را برداشت

und sie schloß die Tür auf, die in den Garten führte

و قفل دری را که به باغ منتهی می شد باز کرد

Dann machte sie sich daran, an dem Pilz zu knabbern

سپس او شروع به کار کرد و قارچ را نیش زد

Sie hatte ein Stück des Pilzes in ihrer Tasche aufbewahrt

او یک تکه از قارچ را در جیبش نگه داشته بود

Und schließlich war sie etwa einen Meter groß

و بالاخره او حدود یک متر قد داشت

dann ging sie den kleinen Korridor hinunter

سپس در راهرو کوچک قدم زد

Und dann fand sie sich endlich in dem schönen Garten
wieder

و سپس بالاخره خود را در باغ زیبا یافت

Und sie war zwischen den hellen Blumen und den kühlen
Springbrunnen

و او در میان گل های روشن و چشمه های خنک بود

Der Krocketplatz der Königinnen

زمین کروکت ملکه

Ein großer Rosenstrauch stand in der Nähe des Eingangs des Gartens

یک درخت گل رز بزرگ نزدیک ورودی باغ ایستاده بود

Die Rosen, die an dem Baum wuchsen, waren weiß

گل های رز که روی درخت رشد می کردند سفید بودند

aber es waren drei Gärtner, die die Rose bemalten

اما سه باغبان بودند که گل رز را نقاشی می کردند

Sie waren damit beschäftigt, die Rosen rot zu färben

آنها مشغول رنگ آمیزی گل رز به رنگ قرمز بودند

und Alice sah zu, wie sie die Rosen rot färbten

و آلیس آنها را تماشا می کرد که گل های رز را قرمز رنگ می کردند

und plötzlich fielen ihre Augen zufällig auf Alice

و ناگهان چشمانشان به آلیس افتاد

Alice sprach ein wenig schüchtern

آلیس کمی ترسو صحبت کرد

»Würden Sie es mir bitte sagen?«

»لطفا به من بگویید«.

"Warum malt ihr alle diese Rosen?"

"چرا همه شما آن گل های رز را نقاشی می کنید؟"

Fünf und Sieben sagten nichts, sondern sahen zwei an

پنج و هفت چیزی نگفتند، اما به دو نفر نگاه کردند

zwei Sprecher, mit leiser Stimme

دو نفر با صدای آهسته صحبت کردند

»Nun, die Sache ist die, sehen Sie, gnädige Frau.«

"چرا، واقعیت این است که می بینید، خانم"

"Das hier hätte ein roter Rosenstrauch sein sollen"

"این اینجا باید یک درخت گل رز قرمز باشد"

"Und wir haben aus Versehen einen weißen Rosenstrauch hineingesetzt"

"و ما به اشتباه یک درخت گل رز سفید گذاشتیم"

"Wie Sie mir zustimmen würden, darf die Königin es nicht herausfinden"

"همانطور که موافق هستید، ملکه نباید بفهمد"

"Sonst würden wir uns allen die Köpfe abschneiden"

"در غیر این صورت همه ما سرمان را قطع می کردیم"

"Sie sehen also, gnädige Frau, wir tun unser Bestes"

"پس می بینید، خانم، ما تمام تلاش خود را می کنیم"

Karte fünf hatte ängstlich über den Garten geschaut

کارت پنج با نگرانی به آن سوی باغ نگاه می کرد

In diesem Augenblick rief die fünfte Karte: "Die Königin!
Die Königin!"

در این لحظه کارت پنج صدا زد: "ملکه! ملکه"!

und die drei Gärtner eilten augenblicklich davon

و سه باغبان فورا فرار کردند

und sie warfen sich flach auf ihre Gesichter

و خود را به صورت خود انداختند

Man hörte das Geräusch vieler Schritte

صدای قدم های زیادی شنیده می شد

Alice sah sich um, begierig darauf, die Königin zu sehen

آلیس به اطراف نگاه کرد و مشتاق دیدن ملکه بود

Am Anfang des Zuges standen zehn Soldaten

در ابتدای راهپیمایی ده سرباز حضور داشتند

Ihre Hände und Füße waren in den Ecken

دست و پاهایشان در گوشه ها بود

und in ihren Händen und Füßen waren Keulen

و در دست و پاهایشان چماق بود

Als nächstes kamen die zehn Höflinge

بعد از آن ده دربار آمدند

die Höflinge waren über und über mit Diamanten
geschmückt

درباریان همه جا را با الماس تزئین کرده بودند

Nach den Höflingen kamen die königlichen Kinder

پس از درباریان، فرزندان سلطنتی آمدند

Es waren zehn der königlichen Kinder

ده نفر از فرزندان سلطنتی بودند

und alle königlichen Kinder waren mit Herzen geschmückt

و همه فرزندان سلطنتی با قلب آراسته شدند

Dann kamen die Gäste; Meist Könige und Königinnen

بعد مهمانان آمدند. بیشتر پادشاهان و ملکه ها

und unter den Königen und Königinnen sah Alice jemanden

و در میان پادشاهان و ملکه، آلیس کسی را دید

Sie sah wieder das weiße Kaninchen, das sie gejagt hatte

او دوباره خرگوش سفیدی را که تعقیب کرده بود دید

Der Prozession folgte der Spitzbube der Herzen

راهپیمایی با چنگال قلب ها دنبال شد

Er trug die Krone des Königs

او تاج پادشاه را حمل می کرد

und die Krone des Königs lag auf einem purpurnen Samtkissen

و تاج پادشاه بر روی یک کوسن مخملی زرشکی بود

Und dann kam das Ende dieser großen Prozession

و سپس پایان این راهپیمایی بزرگ فرا رسید

Und da waren am Ende der König und die Königin der Herzen

و در پایان پادشاه و ملکه قلب ها بودند

der Zug kam Alice gegenüber

راهپیمایی روبروی آلیس آمد

Und alle blieben stehen und sahen sie an

و همه ایستادند و به او نگاه کردند

Und die Königin sprach streng: "Wer ist das?"

و ملکه به شدت گفت: »این کیست؟«

Sie sagte es zum Herzknaben

او این را به Knave of Hearts گفت

aber er verbeugte sich nur und lächelte als Antwort

اما او فقط تعظیم کرد و در پاسخ لبخند زد

Alice sprach sehr höflich

آلیس بسیار مودبانه صحبت کرد

"Mein Name ist Alice, also bitte, Eure Majestät"

"اسم من آلیس است، پس اعلیحضرت را لطفا"

Aber sie hatte andere Gedanken für sich

اما او افکار دیگری با خودش داشت

"Es ist doch nur ein Kartenspiel!"

»بالاخره آنها فقط یک بسته کارت هستند«!

»Kannst du Krocket spielen?« rief die Königin

ملکه فریاد زد: »می توانی کروکت بازی کنی؟«

Die Frage war offenbar an Alice gerichtet

این سوال آشکارا برای آلیس در نظر گرفته شده بود

"Ja!" sagte Alice laut

»بله!«آلیس با صدای بلند گفت

"Komm also spielen!" brüllte die Königin

ملکه غرش کرد» :پس بیا بازی کن!«

sprach eine schüchterne Stimme zu Alice

صدایی ترسو با آلیس صحبت کرد

"Es ist ein sehr schöner Tag!"

"روز بسیار خوبی است!"

Sie ging an dem weißen Kaninchen vorbei

او در کنار خرگوش سفید راه می رفت

und das weiße Kaninchen guckte ihr ängstlich ins Gesicht

و خرگوش سفید با نگرانی به صورتش نگاه می کرد

»ein sehr schöner Tag,« bestätigte Alice

آلیس تأیید کرد» :واقعا روز بسیار خوبی است

»Wo ist die Herzogin?«

"دوشس کجاست؟"

»Still! Still!" sagte das Kaninchen

"خفه شو !خفه شو «إخرگوش گفت

"Sie ist zum Tode verurteilt"

"او تحت حکم اعدام است"

»Wofür wird sie hingerichtet?« fragte Alice

آلیس پرسید» :او به خاطر چه اعدام می شود؟«

"Sie hat der Königin die Ohren abgewetzt", begann das
Kaninchen

خرگوش شروع کرد» :او گوش های ملکه را خراشید«

schrie die Königin mit Donnerstimme

ملکه با صدای رعد و برق فریاد زد

"Ran an eure Plätze!"

"به جای خودت برو"!

Und die Leute rannten in alle Richtungen herum

و مردم شروع به دویدن در همه جهات کردند

Und sie fielen alle aneinander

و همه آنها در مقابل یکدیگر افتادند

Sie hatten sich jedoch in ein oder zwei Minuten beruhigt

با این حال، آنها در یک یا دو دقیقه مستقر شدند

Und dann begann das Spiel

و سپس بازی شروع شد

Alice hatte noch nie einen so merkwürdigen Krocketplatz
gesehen

آلیس هرگز چنین زمین کروکت کنجکاوی را ندیده بود

Das Gras bestand nur aus Graten und Furchen

چمن ها همه برجستگی ها و شیارها بودند

Die Krocketbälle waren echte Igel

توپ های کروکت جوجه تیغی واقعی بودند

und die Schlägel waren echte Flamingos

و پتک ها فلامینگوهای واقعی بودند

und die Soldaten standen auf Händen und Füßen

و سربازان روی دست و پای خود ایستاده بودند

weil die Bögen aus ihren Körpern gemacht wurden

زیرا طاق ها از بدن آنها ساخته شده بود

Die Spieler spielten alle gleichzeitig

بازیکنان همه به یکباره بازی کردند

Niemand wartete, bis er an der Reihe war

هیچ منتظر نوبت آنها نبود

und jeder stritt sich mit jedem

و همه با همه دعوا کردند

und alle kämpften für die Igel

و همه برای جوجه تیغی ها می جنگیدند

Bald geriet die Königin in eine wütende Leidenschaft

به زودی ملکه در شور و شوق خشمگینی قرار گرفت

Und sie fing an, herumzustampfen und zu schreien

و او شروع به مهر زدن و فریاد زدن کرد

»Hacken Sie ihm den Kopf ab!«

"سرش را ببرید"!

"Hack ihr den Kopf ab!"

"سرش را ببر"!

"Hackt ihnen alle Köpfe ab!"

"همه سرشان را ببرید"!

Wieder dachte Alice bei sich.

دوباره آلیس با خودش فکر کرد

"Sie lieben es schrecklich, hier Menschen zu enthaupten"

"آنها به طرز وحشتناکی علاقه مند به گردن زدن مردم در اینجا هستند"

"Das große Wunder ist, dass überhaupt noch jemand am
Leben ist!"

"شگفتی بزرگ این است که کسی زنده مانده است"!

Sie sah sich nach einem Ausweg um

او به دنبال راهی برای فرار بود

Sie bemerkte eine merkwürdige Erscheinung in der Luft

او متوجه ظاهری عجیب در هوا شد

»Es ist die Cheshire-Katze,« sagte sie zu sich selbst

با خودش گفت» :این گربه چشایر است

"Jetzt habe ich jemanden, mit dem ich reden kann"

"حالا باید کسی را داشته باشم که با او صحبت کنم"

"Wie geht es dir?" fragte die Katze

گربه گفت» :چطور کار می کنی؟«

»Ich glaube nicht, daß sie ganz und gar fair spielen«, sagte
Alice

آلیس گفت" :من فکر نمی کنم آنها اصلا منصفانه بازی کنند

Und sie hatte einen ziemlich klagenden Ton

و لحن نسبتا شکایتی داشت

"Sie streiten sich alle so fürchterlich"

"همه آنها به طرز وحشتناکی با هم دعوا می کنند"

"Man hört sich selbst nicht sprechen"

"آدم نمی تواند صدای خود را بشنود"

"Und sie scheinen sich nicht an irgendwelche Regeln zu
halten"

"و به نظر نمی رسد که آنها با هیچ قانونی بازی کنند"

die Katze stellte Alice mit leiser Stimme eine Frage

گربه با صدای آهسته از آلیس سوالی پرسید

"Wie gefällt dir die Königin?"

"ملکه را چطور دوست داری؟"

»Ich mag sie gar nicht,« sagte Alice

آلیس گفت» :من اصلا او را دوست ندارم«

Alice dachte, sie könnte genauso gut zurückgehen

آلیس فکر کرد که بهتر است برگردد

Sie wollte sehen, wie das Spiel läuft

او می خواست ببیند بازی چگونه پیش می رود

Sie machte sich auf die Suche nach ihrem Igel

او به دنبال جوجه تیغی خود رفت

Der Igel war damit beschäftigt, gegen einen anderen Igel zu kämpfen

جوجه تیغی مشغول مبارزه با جوجه تیغی دیگری بود

Das war eine ausgezeichnete Gelegenheit

این یک فرصت عالی بود

Sie konnte einen Igel mit dem anderen krocketen

او می توانست یک جوجه تیغی را با دیگری کروکت کند

Aber ihr Flamingo war auf der anderen Seite des Gartens

اما فلامینگوی او در آن طرف باغ بود

Der Flamingo war ziemlich tollpatschig

فلامینگو نسبتا دست و پا چلفتی بود

Ihr Flamingo versuchte, gegen einen Baum zu fliegen

فلامینگو او سعی داشت به سمت درختی پرواز کند

Sie packte den Flamingo am Bein

او فلامینگو را از پا گرفت

Und sie schob sich den Flamingo unter den Arm

و فلامینگو را زیر بغلش جمع کرد

So konnte der Flamingo nicht mehr entkommen

به این ترتیب فلامینگو دیگر نمی توانست فرار کند

In diesem Augenblick traf Alice zufällig die Herzogin

درست در آن زمان آلیس به طور اتفاقی دوشس را ملاقات کرد

Die Herzogin war nun aus dem Gefängnis entlassen worden

دوشس اکنون از زندان خارج شده بود

Sie schob ihren Arm liebevoll unter Alices Arm

او با محبت بازویش را زیر بازوی آلیس فرو کرد

Und dann gingen sie zusammen fort

و سپس با هم راه رفتند

Alice war sehr froh, sie in so angenehmer Laune zu finden

آلیس بسیار خوشحال بود که او را در چنین خلق و خوی دلپذیری یافت

Sie erschrak jedoch ein wenig

با این حال، او کمی مبهوت شده بود

Sie hörte die Stimme der Herzogin dicht an ihrem Ohr

او صدای دوشس را نزدیک گوشش شنید

"Du denkst über etwas nach, meine Liebe"

"داری به چیزی فکر می کنی، عزیزم"

"Und das lässt dich das Reden vergessen"

"و این باعث می شود صحبت کردن را فراموش کنید"

»Das Spiel geht jetzt etwas besser«, sagte Alice

آلیس گفت" :بازی اکنون نسبتا بهتر پیش می رود

Es war eine Möglichkeit, das Gespräch am Laufen zu halten

این یکی از راه های ادامه مکالمه بود

»So ist es,« sagte die Herzogin

دوشس گفت» :واقعا همینطور است

"Und die Moral davon ist folgende."

"و اخلاق آن این است":

"Es ist die Liebe, die alles macht!"

"این عشق است که همه کارها را انجام می دهد"!

"Liebe ist das, was die Welt bewegt"

"عشق چیزی است که دنیا را به دور خود می چرخاند"

Alice hatte eine andere Erklärung

آلیس توضیح دیگری داشت

"Das macht jeder, der sich um seine eigenen
Angelegenheiten kümmert!"

"این توسط هر کسی انجام می شود که به کار خود فکر می کند"!

»Ah, gut! Du könntest Recht haben"

»آه، خوب إمی توانید حق با شماست"

»Es bedeutet alles ziemlich dasselbe,« sagte die Herzogin

دوشس گفت» :همه اینها تقریبا یک معنی دارند

und sie grub ihr spitzes kleines Kinn in Alices Schulter

و چانه کوچک تیزش را در شانه آلیس فرو کرد

"Und die Moral davon ist folgende"

"و اخلاق آن این است"

"Kümmere dich um die Sinne"

"مراقب حس باشید"

"Und dann erledigen sich die Klänge von selbst"

"و سپس صداها از خود مراقبت می کنند"

Aber dann fing der Arm der Herzogin an zu zittern

اما پس از آن بازوی دوشس شروع به لرزیدن کرد

Alice blickte auf und da stand die Königin

آلیس به بالا نگاه کرد و ملکه آنجا ایستاده بود

Die Königin hatte die Arme verschränkt

ملکه دستانش را جمع کرده بود

Und sie runzelte die Stirn wie ein Gewitter!

و مثل رعد و برق اخم می کرد!

»Ich warne dich!« schrie die Königin

ملکه فریاد زد» :من به شما هشدار منصفانه می دهم

Und sie stampfte auf den Boden, während sie sprach

و در حالی که صحبت می کرد روی زمین لگد زد

"Entweder dein Kopf oder ihr Kopf muss ausgeschaltet sein"

"یا سر یا سرش باید از بین رفته باشد"

"Treffen Sie Ihre Wahl!"

"انتخاب خود را انجام دهید"!

"Und beeilen Sie sich"

"و در مورد آن سریع باشید"

Die Herzogin traf ihre Wahl

دوشس انتخاب خود را انجام داد

und in einem Augenblick war die Herzogin verschwunden

و در عرض یک لحظه دوشس رفت

Da sprach die Königin zu Alice

سپس ملکه با آلیس صحبت کرد

"Weiter geht's mit dem Spiel"

"بیایید به بازی ادامه دهیم"

Alice war zu erschrocken, um ein Wort zu sagen

آلیس آنقدر ترسیده بود که نمی توانست کلمه ای بگوید

und langsam folgte sie ihrem Rücken zum Krocketplatz

و او به آرامی او را به سمت زمین کروکت دنبال کرد

Die ganze Zeit stritt sich die Dame mit den anderen Spielern

در تمام مدت ملکه با سایر بازیکنان دعوا می کرد

»Hacken Sie ihm den Kopf ab!«

"سرش را ببرید"!

"Hack ihr den Kopf ab!"

"سرش را ببر"!

"Hackt ihnen alle Köpfe ab!"

"همه سرشان را ببرید"!

Bald waren alle Spieler in Gewahrsam

به زودی همه بازیکنان بازداشت شدند

nur der König, die Königin und Alice blieben zurück

فقط پادشاه، ملکه و آلیس باقی ماندند

Da ging die Königin, ganz außer Atem

سپس ملکه رفت، کاملا نفس نمی کشید

und sie ging mit Alice fort

و او با آلیس رفت

Alice hörte, wie der König leise etwas sagte

آلیس شنید که پادشاه بی سر و صدا چیزی می گوید

"Ihr seid alle begnadigt"

"همه شما بخشیده شده اید"

aber plötzlich hörte man einen neuen Schrei

اما ناگهان فریاد دیگری شنیده شد

"Der Prozess beginnt!"

»محاکمه شروع می شود«!

und Alice lief mit den andern

و آلیس با دیگران دوید

Wer hat die Torten gestohlen?

چه کسی تارت ها را دزدید؟

Der Herzkönig und die Herzkönigin saßen

پادشاه و ملکه قلب ها نشسته بودند

sie saßen auf ihrem Thron, als Alice ankam

آنها بر تخت سلطنت خود بودند که آلیس وارد شد

Eine große Menschenmenge war um sie herum versammelt

جمعیت زیادی دور آنها جمع شده بودند

Es gab allerlei kleine Vögel und Bestien

انواع پرندگان و جانوران کوچک وجود داشت

Und da war das ganze Kartenspiel

و کل بسته کارت ها وجود داشت

Der Spitzbube stand in Ketten vor ihnen

چاقو در مقابل آنها ایستاده بود، زنجیر

und auf jeder Seite war ein Soldat, der ihn bewachte

و در هر طرف یک سرباز برای محافظت از او وجود داشت

in der Nähe des Königs war das weiße Kaninchen

نزدیک پادشاه خرگوش سفید بود

Er hatte eine Trompete in der einen Hand

او یک ترومپت در یک دست داشت

Und in der andern Hand hielt er eine Pergamentrolle

و او یک طومار پوست در دست دیگر داشت

In der Mitte des Platzes stand ein Tisch

در وسط زمین یک میز بود

Auf dem Tisch stand eine große Schüssel mit Torten

روی میز یک ظرف بزرگ تارت بود

"Ich wünschte, sie würden den Prozess zu Ende bringen",
dachte Alice

آلیس فکر کرد» :ای کاش آنها محاکمه را انجام می دادند

"Dann könnten wir etwas von diesen Erfrischungen essen!"

"سپس می توانیم مقداری از آن نوشیدنی ها را بخوریم"!

Der Richter war übrigens der König

به هر حال، قاضی، پادشاه بود

und er trug seine Krone über seiner großen Perücke

و تاج را بر روی کلاه گیس بزرگش بر سر گذاشت

»Das ist die Loge der Geschworenen!« dachte Alice

آلیس فکر کرد» :این جعبه هیئت منصفه است«

"Und diese zwölf Geschöpfe, ich nehme an, sie sind die Geschworenen"

"و آن دوازده موجود، فکر می کنم آنها هیئت منصفه هستند"

einige waren Tiere, andere waren Vögel

برخی حیوان و برخی پرنده بودند

In diesem Augenblick schrie das weiße Kaninchen auf

درست در همان لحظه خرگوش سفید فریاد زد

"Schweigen im Gericht!"

"سکوت در دادگاه"!

»Herold, lesen Sie die Anklage!« sagte der König

پادشاه گفت» :مناد، اتهام را بخوانید«!

Das weiße Kaninchen blies drei Stöße auf die Trompete

خرگوش سفید سه انفجار در شیپور زد

dann entrollte er die Pergamentrolle

سپس طومار پوست را باز کرد

Und er las folgendes:

و او به شرح زیر خواند:

"Die Königin der Herzen, sie hat ein paar Torten gebacken."

"ملکه قلب ها، او چند تارت درست کرد،"

"All das tat sie an einem Sommertag"

"همه این کارها را او در یک روز تابستانی انجام داد"

"Der Schurke der Herzen, er hat diese Torten gestohlen"

"چاقوی قلب ها، او آن تارت ها را دزدید"

"Und er hat diese Torten weit weg gebracht!"

"و او آن تارت ها را دور برد"!

»Rufen Sie den ersten Zeugen,« sagte der König

پادشاه گفت» :اولین شاهد را فرا بخوان

und das weiße Kaninchen blies drei Stöße auf die Trompete

و خرگوش سفید سه انفجار در شیپور زد

»Bringt den ersten Zeugen!« rief er

او فریاد زد» :اولین شاهد را بیاورید«!

Der erste Zeuge war der Hutmacher

اولین شاهد کلاه ساز بود

Er kam mit einer Teetasse in der einen Hand herein

او با یک فنجان چای در یک دست وارد شد

Und in der anderen Hand hatte er ein Stück Brot und Butter

و او یک تکه نان و کره در دست دیگر داشت

»Du hättest fertig sein sollen,« sagte der König

پادشاه گفت» :تو باید تمام می کردی

"Wann hast du angefangen?"

"از کی شروع کردی؟"

Der Hutmacher schaute sich den Märzhasen an

کلاه ساز به خرگوش راهپیمایی نگاه کرد

Der Märzhase war ihm in den Hof gefolgt

خرگوش راهپیمایی او را تا دربار تعقیب کرده بود

Er war Arm in Arm mit dem Siebenschläfer gegangen

او دست در دست موش راه رفته بود

»Ich glaube, es war der vierzehnte März«, sagte er

او گفت» :فکر می کنم چهاردهم مارس بود

»Geben Sie Ihre Aussage,« sagte der König

پادشاه گفت» :شواهد خود را بدهید

"Und sei nicht nervös, sonst lasse ich dich auf der Stelle hinrichten"

"و عصبی نباش، وگرنه شما را در همان جا اعدام می کنم"

Das schien den Zeugen überhaupt nicht zu ermutigen

به نظر نمی رسید که این اصلا شاهد را تشویق کند

Er rutschte immer wieder von einem Fuß auf den anderen

او مدام از یک پا به پای دیگر جابجا می شد

und er sah die Königin unruhig an

و با ناراحتی به ملکه نگاه کرد

und in seiner Verwirrung biß er ein großes Stück aus seiner Teetasse

و در سردرگمی خود، یک تکه بزرگ از فنجان چای خود را گاز گرفت

Eigentlich wollte er von seinem Brot und seiner Butter beißen

واقعا او قصد داشت نان و کره اش را گاز بگیرد

In diesem Augenblick fühlte Alice eine sehr merkwürdige Empfindung

درست در این لحظه آلیس احساس بسیار عجیبی را احساس کرد

Sie fing an, wieder größer zu werden

او داشت دوباره بزرگتر می شد

Der unglückliche Hutmacher ließ seine Teetasse fallen

کلاه ساز بدبخت فنجان چای خود را انداخت

und das Brot und die Butter fielen zu Boden

و نان و کره روی زمین افتاد

und er fiel auf die Knie

و روی یک زانو فرود آمد

»Ich bin ein armer Mann, Eure Majestät,« begann er

او شروع کرد» :من یک مرد فقیر هستم، اعلیحضرت«

»Du bist ein sehr schlechter Redner,« sagte der König

پادشاه گفت» :تو سخنران بسیار ضعیفی هستی

»Du darfst gehen,« sagte der König

پادشاه گفت» :می توانی بروی«

und der Hutmacher verließ eilig den Hof

و کلاه ساز با عجله زمین را ترک کرد

»Rufen Sie den nächsten Zeugen her!« sagte der König

پادشاه گفت» :شاهد بعدی را فرا بخوان«!

Der nächste Zeuge war die Köchin der Herzogin

شاهد بعدی آشپز دوشس بود

Sie trug die Pfefferdose in der Hand

جعبه فلفل را در دست گرفت

Und die Leute in der Nähe der Tür fingen auf einmal an zu niesen

و افراد نزدیک در به یکباره شروع به عطسه کردند

»Geben Sie Ihre Aussage,« sagte der König

پادشاه گفت» :شواهد خود را بدهید

»Ich will nichts beweisen,« sagte die Köchin

آشپز گفت» :من هیچ مدرکی نمی دهم

Der König sah das weiße Kaninchen ängstlich an

پادشاه با نگرانی به خرگوش سفید نگاه کرد

Und das weiße Kaninchen sprach mit leiser Stimme

و خرگوش سفید با صدایی آرام صحبت کرد

"Eure Majestät müssen diesen Zeugen ins Kreuzverhör nehmen"

"اعلیحضرت باید از این شاهد بازجویی کنید"

»Nun, wenn ich muß, so muß ich,« sagte der König

پادشاه گفت» :خوب، اگر مجبور باشم، باید

"Woraus bestehen Torten?"

"تارت از چه چیزی ساخته شده است؟"

»Torten werden meistens aus Pfeffer gemacht«, sagte die Köchin

آشپز گفت» :تارت ها بیشتر از فلفل درست می شوند

Einige Minuten lang war der ganze Hof in Verwirrung

برای چند دقیقه کل دادگاه سردرگم بود

Schließlich ließen sie sich alle wieder nieder

سرانجام همه آنها دوباره مستقر شدند

Aber da war die Köchin schon verschwunden

اما در آن زمان آشپز ناپدید شده بود

»Macht nichts!« sagte der König

پادشاه گفت» :مهم نیست«!

"Rufen Sie den nächsten Zeugen in den Zeugenstand"

"شاهد بعدی را به جایگاه فرا بخوان"

Alice beobachtete das weiße Kaninchen, wie es an der Liste

herumfummelte

آلیس خرگوش سفید را در حالی که روی لیست دست و پا می زد تماشا کرد

Sie können sich vorstellen, wie überrascht sie war, als sie das hörte, was sie als nächstes hörte

می توانید تعجب او را از آنچه بعد شنید تصور کنید

Mit lauter schriller kleiner Stimme rief er den Namen »Alice!«

با صدای کوچک تند و تیز خود، نام" آلیس "را صدا زد!

Alices Beweise
شواهد آلیس

»Hier!« rief Alice

آلیس فریاد زد» :اینجا«!

Sie sprang in großer Eile auf

او با عجله زیادی از جا پرید

und sie kippte die Geschworenenloge um

و او جعبه هیئت منصفه را واژگون کرد

und sie warf alle Geschworenen um

و او همه اعضای هیئت منصفه را از بین برد

und sie fielen auf die Köpfe der Menge unten

و آنها روی سر جمعیت پایین افتادند

Alice war in großer Bestürzung

آلیس بسیار ناراحت بود

»Oh, ich bitte um Verzeihung!« rief sie aus

"اوه، من از شما عذرخواهی می کنم "!او فریاد زد

»Der Prozeß kann nicht fortgesetzt werden,« sagte der König

پادشاه گفت» :محاکمه نمی تواند ادامه یابد

"Die Geschworenen müssen wieder an ihre angestammten
Plätze zurückkehren"

"هیئت منصفه باید به جای مناسب خود بازگردند"

Er wiederholte den Befehl mit großem Nachdruck

او دستور را با تأکید زیاد تکرار کرد

und er sah Alice streng an

و او با جدیت به آلیس نگاه کرد

"Was weißt du über diese Ereignisse?" fragte der König
Alice

پادشاه از آلیس پرسید» :از این وقایع چه می دانید؟«

»Ich weiß nichts von der Sache,« sagte Alice

آلیس گفت» :من چیزی در این مورد نمی دانم

Dann las der König aus seinem Buch vor

سپس پادشاه از کتاب خود خواند

"Regel zweiundvierzig"

"قانون چهل و دو"

"Alle Personen, die mehr als eine Meile hoch sind, sollen
das Gericht verlassen"

"همه افرادی که بیش از یک مایل ارتفاع دارند باید دادگاه را ترک کنند"

»Ich bin keine Meile hoch,« sagte Alice

آلیس گفت" :من یک مایل ارتفاع ندارم

»Fast zwei Meilen hoch,« sagte die Königin

ملکه گفت» :نزدیک به دو مایل ارتفاع«

»Nun, ich weigere mich zu gehen,« sagte Alice

آلیس گفت» :خوب، من از رفتن امتناع می کنم

Der König erbleichte

پادشاه رنگ پریده شد

und er schloß hastig sein Notizbuch

و دفترچه یادداشت خود را با عجله بست

»Überlegen Sie sich Ihr Urteil«, sagte er zu den
Geschworenen

او به هیئت منصفه گفت" :حکم خود را در نظر بگیرید

Er sprach mit leiser, zitternder Stimme

او با صدایی آهسته و لرزان صحبت کرد

Da sprach das weiße Kaninchen

سپس خرگوش سفید صحبت کرد

"Es werden noch mehr Beweise kommen"

"هنوز شواهد بیشتری در راه است"

und er sprang in großer Eile auf

و با عجله زیادی از جا پرید

"Dieses Papier wurde gerade abgeholt"

"این مقاله به تازگی برداشته شده است"

"Es scheint ein Brief des Gefangenen zu sein"

"به نظر می رسد نامه ای است که توسط زندانی نوشته شده است"

Er faltete das Papier auseinander, während er sprach

او در حین صحبت کاغذ را باز کرد

"Es ist doch kein Brief"

"بالاخره این یک نامه نیست"

"Was es war, war eine Reihe von Versen"

"آنچه بود مجموعه ای از آیات بود"

»Bitte, Eure Majestät,« sagte der Spitzbube

«چاقو گفت» :خواهش می کنم، اعلیحضرت«

"Ich habe diese Verse nicht geschrieben"

"من آن ابیات را ننوشتم"

"und sie können nicht beweisen, dass ich etwas geschrieben habe"

"و آنها نمی توانند ثابت کنند که من چیزی نوشته ام"

"Am Ende ist kein Name unterschrieben"

"در انتها هیچ نامی امضا نشده است"

Der König sprach mit dem Spitzbuben

پادشاه با چاقو صحبت کرد

"Du musst vorgehabt haben, Unheil anzurichten"

"حتما قصد ایجاد شیطنت را داشته باشی"

"Sonst hättest du wie ein ehrlicher Mann unterschrieben"

"در غیر این صورت شما نام خود را مانند یک مرد صادق امضا می کردید"

Es gab ein allgemeines Händeklatschen

کف زدن کلی شنیده شد

Und der König wandte sich an das weiße Kaninchen

و پادشاه رو به خرگوش سفید کرد

»Lest die Verse!« befahl er.

او دستور داد» :آیات را بخوانید«

Es herrschte Totenstille im Gerichtssaal

سکوت مرگباری در دادگاه حاکم بود

und das weiße Kaninchen las die Verse vor

و خرگوش سفید آیات را خواند

Sie sagten mir, du wärst bei ihr gewesen

آنها به من گفتند که تو پیش او رفته ای

Und sie erwähnten mich ihm gegenüber

و آنها مرا به او گفتند

Sie gab mir einen guten Charakter

او به من شخصیت خوبی داد

Aber sie sagte, ich könne nicht schwimmen

اما او گفت که من نمی توانم شنا کنم

Er ließ ihnen wissen, dass ich nicht gegangen sei

او به آنها خبر داد که من نرفته ام

Wir wissen, dass es wahr ist

ما می دانیم که درست است

Wenn sie die Sache vorantreiben sollte, was würde aus dir werden?

اگر او این موضوع را ادامه دهد، چه بر سر شما می آید؟

Ich gab ihr einen, sie gaben ihm zwei

من یکی به او دادم، آنها به او دو تا دادند

Du hast uns drei oder mehr gegeben

تو سه یا بیشتر به ما دادی

Sie sind alle von ihm zu dir zurückgekehrt

همه از او نزد تو بازگشتند

obwohl sie vorher meine waren

اگرچه آنها قبلا مال من بودند

Wenn ich oder sie die Chance haben sollte,

اگر من یا او باید شانس داشته باشم

Wenn ich oder sie in diese Affäre verwickelt wäre

اگر من یا او در این ماجرا دخیل بودیم

Er vertraut auf dich, dass du sie befreien wirst

او به شما اعتماد دارد که آنها را آزاد کنید

Genau so wie wir waren

دقیقا همانطور که ما بودیم

Ich hatte den Eindruck, dass Sie

تصور من این بود که تو

Bevor sie diesen Anfall hatte

قبل از اینکه او این تناسب را داشته باشد

Ein Hindernis, das dazwischen kam

مانعی که بین

Er und wir und es

او، و خودمان، و آن

Lass ihn nicht wissen, dass sie ihr am besten gefallen haben

اجازه ندهید بداند که آنها را بیشتر دوست دارد

Denn dies muss für immer ein Geheimnis bleiben, das vor allen anderen verborgen bleibt

زیرا این باید برای همیشه یک راز باشد و از بقیه پنهان بماند

Dieses Geheimnis muss ein Geheimnis zwischen dir und mir bleiben

این راز باید بین من و تو مخفی باقی بماند

Der König war sehr beeindruckt

پادشاه بسیار تحت تأثیر قرار گرفت

"Das ist das wichtigste Beweisstück, das wir bisher gehört haben"

"این مهمترین مدرکی است که تاکنون شنیده ایم"

»Ich glaube nicht, daß diese Verse auch nur ein Atom Bedeutung haben,« wandte Alice ein

آلیس اعتراض کرد» :من معتقد نیستم که آن آیات ذره ای از معنا را حمل می کنند

der König hatte seine eigene Meinung zu dieser Angelegenheit

پادشاه نظر خود را در این مورد داشت

"Wenn diese Worte keinen Sinn haben, erspart das eine Menge Ärger"

"اگر معنایی در این کلمات وجود نداشته باشد، دنیایی از دردسر را نجات می دهد"

"Dann brauchen wir nicht zu versuchen, den Sinn zu finden"

"پس لازم نیست سعی کنیم معنی را پیدا کنیم"

"Lassen Sie die Geschworenen über ihr Urteil nachdenken"

"بگذارید هیئت منصفه حکم خود را بررسی کند"

»Nein, nein!« sagte die Königin

ملکه گفت: «نه، نه»!

"Erst die Verurteilung, dann das Urteil"

"اول محکومیت - بعد از آن"

"Zeug und Unsinn!" sagte Alice laut

"چیزها و مزخرفات "!آلیس با صدای بلند گفت

"Wie dumm ist es, den Angeklagten zuerst zu verurteilen!"

»چقدر احمقانه است که اول متهم را محکوم کنیم«!

»Schweige!« sagte die Königin und färbte sich violett an

ملکه گفت: «زبانت را نگه دار»!

"Ich werde nicht den Mund halten!" sagte Alice

آلیس گفت: «من زبانم را نگه نمی دارم»!

schrie die Königin aus voller Kehle

ملکه با صدای بلند فریاد زد

"Hack ihr den Kopf ab!"

"سرش را قطع کن"!

Niemand machte eine Bewegung

هیچ حرکتی انجام نداد

"Wen kümmert es, was du sagst?" sagte Alice

آلیس گفت» :چه کسی اهمیت می دهد که چه می گویی؟«

Zu diesem Zeitpunkt war sie bereits zu ihrer vollen Größe
herangewachsen

او در این زمان به اندازه کامل خود رسیده بود

"Du bist nichts als ein Kartenspiel!"

"تو چیزی جز یک بسته کارت نیستی"!

Bei diesen Worten hoben sich alle Karten in die Luft

در این حالت، همه کارت ها در هوا بلند شدند

und alle Karten flogen auf sie herab

و همه کارت ها روی او به پرواز درآمدند

Sie stieß einen kleinen Schrei aus

او کمی جیغ زد

Sie war halb erschrocken, aber auch wütend

او نیمه ترسیده بود، اما در عین حال عصبانی بود

Und sie versuchte, sich gegen die Karten zu wehren

و سعی کرد با کارت ها از خودش بجنگد

Und dann fand sie sich auf der Grasbank liegend

و سپس خود را روی ساحل چمن دراز کشیده دید

Ihr Kopf lag im Schoß ihrer Schwester

سرش در دامان خواهرش بود

Einige abgestorbene Blätter waren auf ihrem Gesicht
gelandet

چند برگ مرده روی صورتش فرود آمده بود

und ihre Schwester wischte vorsichtig die Blätter weg

و خواهرش به آرامی برگ ها را پاک می کرد

»Wach auf, liebe Alice!« sagte die Schwester

خواهرش گفت» :بیدار شو، آلیس عزیزم«!

"Was für einen langen Schlaf hast du gehabt!"

"چه خواب طولانی داشتی"!

"Oh, ich habe so einen merkwürdigen Traum gehabt!" sagte
Alice

آلیس گفت» :اوه، من چنین رویای عجیبی دیده ام«!

Und sie erzählte ihrer Schwester alles, woran sie sich

erinnern konnte

و او هر آنچه را که به یاد می آورد به خواهرش گفت

all die seltsamen Abenteuer, von denen Sie gerade gelesen
haben

تمام ماجراهای عجیبی که به تازگی در مورد آنها خوانده اید

Alice stand auf und rannte davon

آلیس بلند شد و فرار کرد

Und während sie lief, dachte sie an ihren Traum

و در حالی که می دوید، به رویای خود فکر کرد

"Was für ein wunderbarer Traum das gewesen war!"

"چه رویای شگفت انگیزی بود"!

www.ingramcontent.com/pod-product-compliance
Lightning Source LLC
Chambersburg PA
CBHW011047190726
48290CB00011B/3036